I0783228

IM PRESS

Игорь Щепёткин

Тёмная комната, рыжий чемодан

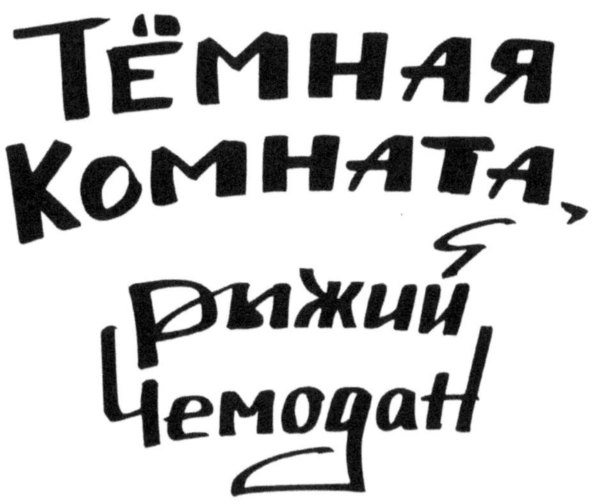

Иллюстратор Лилия Гойзман

БОСТОН • 2024 • BOSTON

Игорь Щепёткин

Тёмная комната, рыжий чемодан. *Рассказы*

Редакторы: Галина Донина, Вера Марышева
Корректор: Юлия Тимошенко

Igor Shchepetkin

Dark Room, Ginger-Colored Suitcase. *Short stories*

Edited by Galina Donina and Vera Marysheva
Proofreading by Yulia Timoshenko

ISBN 978-1-960533210

Library of Congress Control Number: 2023951733

Художник: Лилия Гойзман © 2023
Design and illustrations by Lilia Goyzman © 2023

Published by M•Graphics | Boston, MA

    www.mgraphics-books.com
    mgraphics.books@gmail.com

Printed in the United States of America

Содержание

По северной ветке

...Поезд идёт...
Северная ветка,
ветка акации или,
скажем, сирени...

Саша Соколов

Иногда в разговорах можно слышать, что поезд идёт по кругу — при переосмыслении чего-то важного, или в московской подземке, или, наконец, в детских забавах, где игрушечный паровозик с маленькими вагончиками следует по кольцевой дороге.

В моей юности поезд уходил на север, потом шёл обратно. Но люди, которые возвращались, были уже другими...

В конце августа мы с отцом собирали ягоду. В тот день я впервые очутился в сибирской тайге. До ближайшего населённого пункта — не менее сорока километров. Путь сюда показался долгим.

Остаток вечера и всю ночь мы ехали в поезде по северной ветке. Вагон был набит сборщиками ягод с огромными заплечными коробами — горбовиками.

В тесноте вагона отец помог мне протиснуться на верхнюю полку, где я, прикрыв лицо штормовкой и подтянув к подбородку колени, вскорости уснул.

В пять утра отец растолкал меня и сказал на ухо: «Быстро собирайся! Подъезжаем!» Я протёр очки, спустился с полки и спросонья еле отыскал сапоги. За окном было ещё темно. Колёса привычно постукивали на стыках.

Неожиданно кто-то сорвал стоп-кран, и поезд резко остановился. Ягодники были готовы к такому ходу событий, вмиг засуетились и ринулись к выходу. Словно парашютисты, они, выпуская из рук поручни, прыгали с подножки вагона в темноту таёжного утра. За минуту все вывалились на простор.

Большинство из них пошли вдоль железнодорожной насыпи к сигнальным фонарям шлагбаума — видимо, там проходила основная дорога до лесосеки.

— А у нас своё место, — сказал отец и махнул рукой через левое плечо.

Мы пересекли полотно и по едва заметной в сумерках тропе углубились в лес. Я брёл позади, то и дело натыкаясь на алюминиевый короб отца.

Начало светать, когда тропа свернула в низину.

На повороте отец остановился, подошёл к одинокой сосне и стал считать шаги.

— Кажется, здесь! — крикнул он.

Мы разбросали ветки и вытащили из травы лёгкие штанги. Это были две пары небольших алюминиевых колёс

с ребордой. Они свободно вращались на хорошо промасленных подшипниках, насаженных на длинные металлические трубки.

Через четверть часа мы вышли к узкоколейке, по которой когда-то вывозили срубленный лес. В куче мусора рядом с дорогой отыскали несколько досок. Сколотили платформу и прибили к ней штанги — ходовую часть. Поставив эту мини-дрезину на рельсы, взгромоздились на неё со своим скарбом. Чтобы не поранить руки, надели верхонки и принялись отталкиваться шестами от насыпи и шпал. Потихоньку набирали скорость. Стук колёс стал чаще: «Чикача-та, чикача-та… чика-та, чика-та… чи-та, чи-та, чи-та…» Из-за неровности полотна дрезина слегка покачивалась. Мы словно плыли на плоту с шестами наперевес.

— Виссарионов бор! — громко сказал отец. Ветер развевал его поседевшие волосы, торчащие из-под смешной лыжной шапочки.

Я глазел по сторонам. Густой мачтовый лес чередовался со сплошными вырубками. Будто в унисон ландшафту, рельсы тоже теряли свою непрерывность. Порой стыки были сравнимы с диаметром колёс, и тогда мы неизбежно терпели крушение. К счастью, обходилось без травм. Иногда нашу дрезину приходилось на руках проносить вперёд, потому что в некоторых местах рельсы отсутствовали совсем.

Так мы проехали по узкоколейке не менее тридцати километров. Внезапно дорога оборвалась — рельсов больше не было. Сквозь остатки насыпи пробивалась молодая поросль. Мы отнесли дрезину в сторону и забросали мхом.

Дальше по компасу на северо-восток пошли пешком вдоль болота.

Через час на моховых подушках стали попадаться кустики брусники. Я наклонился, рассмотрел рисунок листьев этих удивительных ягод. Кожица на них была блестящей и усыпанной дырочками с исподней стороны.

Отец отёр рукавом штормовки пот с лица и провозгласил:
— Перекур!

Мы присели на упавшую лесину. Вытащили из коробов огурцы, варёные яйца, хлеб, воду. Быстро позавтракали.

— Ну ладно, хватит прохлаждаться. Пора за работу! — скомандовал отец.

Он показал, как пользоваться совком. Потом, подтянув наплечный ремень, двинулся к сосновому валежнику.

Ближе к полудню я набрёл на узкую прогалину, сплошь усыпанную брусничником. Сбросил с плеч короб и налегке увлёкся сбором — на этот раз уже усердно, не отрывая взгляда от ягод. Одну куртинку примечал, другую обирал, повторяя совком одно и то же движение...

Через пару часов вышел на край поляны, где у вывернутого корня неожиданно обнаружил большой моток проржавевшей колючей проволоки. В трёх метрах росла огромная сосна. На ней был старый затёс, несколько вырезанных цифр и буквы «ТАЛ».

— А это с какого рожна тут? — поинтересовался я, указывая на витки проволоки.

— Видать, хотели сделать лагерь.

— Какой лагерь?

— Для заключённых, — сквозь зубы процедил отец и, глядя угрюмо вдаль, промолвил: — Кто-то здесь оказался, на лесоповале. Срубленный лес вывозили по узкоколейке на конной тяге... В тридцатые годы хватали всех подряд...

— А почему?..

Отец не ответил, он уже отвернулся и, хрустя валежником, направился к ближайшему ельнику.

Я внимательно огляделся. Вокруг были только моховые кочки. Пнул одну, вторую... Носок сапога проваливался в труху сгнивших пней. В этом обнажённом прахе копошились муравьи...

К вечеру начал накрапывать дождь. Мы подошли к ручью, за ним возвышался небольшой бугор — отличное место для ночлега. Под раскидистой елью соорудили шалаш, набросали на пол лапник. Открыли пару банок рыбных консервов «Частик». Отец вытащил фляжку со спиртом, отмерил несколько колпачков в свой стакан и, не разводя водой, выпил одним махом. Через минуту повеселел и стал рассказывать, как работал в юности киномехаником, возил на лошадях по деревням кино. Однажды киноплёнка порвалась на кадрах хроники с речью Сталина.

— Чуть в штаны не наложил, пока плёнку склеивал, — сквозь смех произнёс отец.

Потом он вспомнил, как прошлым летом был с братом в тайге. Собирали ягоду в районе Медвежьего мыса и потеряли обратную дорогу. Блуждали три дня. Питались одной ягодой, пока не вышли к реке. Встал вопрос о поиске моторной лодки, на которой приплыли. Как они поняли, в каком направлении искать, я уже не слышал — уснул под шум моросящего дождя.

Утром проснулся от глухариного тока. Выкарабкался из шалаша. Натянул сапоги. Отца на стоянке не было. Его согбенная фигура виднелась на другой стороне мочажины — он собирал ягоду. А я побежал на болото искать место, откуда доносилось токование. Протёр запотевшие очки и увидел посреди топи на одинокой сушине большую птицу — глухаря...

К обеду я набрал половину короба. У отца короб был почти полный. Нам следовало возвращаться, чтобы успеть к отходу поезда. А до станции ещё ого-го как далеко!

На обратном пути проехали по узкоколейке на несколько километров больше — так было ближе к станции. Разобрали дрезину, кинули колёса под корягу и прикрыли корой — пригодятся, когда в сентябре пойдём за клюквой.

Мне захотелось снова приехать в тайгу, пройти по зыбуну болота и, расправив болотные сапоги, упасть на колени в мягкий сфагновый покров...

Когда подошёл поезд, было уже темно. Залязгали тормоза. Сбивая друг друга, люди с тяжёлыми коробами бросились к вагонам. Отец подтолкнул меня к ближайшему входу. Я вцепился в поручни, вскочил на подножку первым, за мной, вытянув жилистую шею, с трудом поднялся отец.

Через минуту вагон загудел мужскими голосами, до отказа наполнился людьми. Некоторые так и остались стоять в тамбуре. Я присел на краешек нижней полки, скрестил на крышке горбовика руки, положил на них голову и уснул.

Под утро за окном замелькали городские улицы. Поезд остановился. Мы вышли на перрон.

От вокзала до дома было близко: сначала с полкилометра через привокзальный микрорайон, потом — минут десять вдоль железнодорожного полотна.

Мы шли мимо панельных пятиэтажек. У одного из подъездов двое пьяных парней вели шумный разговор, похлопывали друг друга по плечу. Отец бросил в их сторону какую-то незлобную шутку. Им это не понравилось, один из них подбежал и нанёс мне удар в грудь. Я потерял равновесие, упал и от неожиданности, обессилев, не мог подняться. Другой парень стоял в луже пива и размахивал руками, не давая отцу подойти ко мне. Первый продолжал наносить удары ногой, метя в голову. Я закрыл лицо и очки руками, принял позу улитки. Почти все удары приходились в предплечья.

— Мальчонку-то зачем?! — закричал отец чужим хриплым голосом.

Страх, как омут, тянул вниз, да ещё за плечами был короб с ягодой.

Наконец парни ушли. Отец помог мне встать, и я увидел свет. Дальше мы двинулись вдоль рельсовых путей по пропитанным креозотом шпалам. Я брёл молча, тихо посапывая, и не чувствовал боли в онемевших конечностях. Трясущимися руками придерживал очки — их дужки были погнуты.

Вскоре мы вышли к нашему микрорайону Опытное поле. Надпись на крайней пятиэтажке насмешливо гласила: «ул. Ягодная, д. 1». Холодный ветер налетал порывами и срывал с тополей первые пожухлые листья. А ведь до нашего отъезда в тайгу они были ещё зелёными.

Я шёл по улице за отцом. Он попросил не говорить маме о том, что случилось. Я промолчал. Вспоминал, как мы ходили по рыжим торфяникам и мелколесью, собирали ягоду. Из тайги она перекочевала теперь в наши заплечные короба. Ягода была красная и, наверное, уже дала сок.

...Наутро я пробудился от глубокого сна.

Мама предложила отнести банку брусники Илье — моему другу и соседу по подъезду. Изредка мы вместе играли в шахматы.

Я спустился на один этаж и за чашкой чая рассказал Илье о находке в тайге. Он задумался, потом пообещал провести меня в оранжерею, где время от времени проходят заседания культурологического клуба.

— В оранжерее? — удивился я. — Оригинально!

— Богдан там сторожем подрабатывает. Вообще-то он социолог в университете.

В назначенное время мы поторопились в оранжерею. Ещё бы! Теплицы говорили о детстве, о первом визите в ботанический сад. Где-то в семейном альбоме даже есть фото с той экскурсии: корни тропических деревьев ползут навстречу друг другу, лиана обвивает стволы, а под пальмой — карапуз, то есть я.

С нетерпением и волнением я шёл туда. Мнилось, что этот визит принесёт понимание чего-то важного: словно мне, а не Вере Павловне приснился тот сон — якобы только в оранжерее можно вырастить такие колосья.

В теплице, куда мы пришли, выращивали цветы. В ожидании семинара двое молодых людей прохаживались вдоль грядок: слева росли астры, справа — лилии.

— Лист хорош, и цветок хорош. Женщины будут счастливы. Всё будет хорошо, — промолвил один из них по имени Василий.

Я не мог понять, сказал он это серьёзно или с оттенком насмешки.

Рядом с пустыми горшками из-под рассады стоял Богдан. В руках он держал тетрадь с конспектами — готовился к выступлению. Подошло ещё человек шесть...

Совершенно не помню, что обсуждали на том заседании. Было жарко и нестерпимо душно, и от этого появилось желание поскорее уйти.

Зимой я ещё пару раз посетил семинары клуба. Там впервые узнал про Солженицына и Шаламова, но литературу на руки не дали — присматривались. Об истории строительства северной ветки и лагеря заключённых никто толком не знал, больше говорили о высокой материи.

Наступила весна високосного 1980 года. В марте бывшая жена Василия написала донос, выдала его круг знакомств, перечень зарубежной и самиздатовской литературы. В оранжерее провели обыск, книги и фотокопии были изъяты. Обыски прошли и в квартирах. Местный КГБ завёл «тепличное дело». Богдана и Василия уволили с работы. Илья передал, что мне лучше на время покинуть город.

...Я вспомнил, что давно не навещал деда в деревне.

Ехать в деревню надо было по той же северной ветке.

Я сошёл на знакомом полустанке — деревянная платформа, будка для кассы. Махая флажком, одинокий стрелочник в ярком жилете шагал вдоль железнодорожного полотна. Миновав зону отчуждения, я свернул на просёлочную дорогу.

Весна была ранняя. Снег растаял на открытых местах, лишь кое-где в ложбинах и в тени деревьев виднелись покрытые хвоей и прелыми листьями тёмные сугробы. Дорогу изрезали глубокие колеи, полные талой воды. Попуток не было, ну и ладно. Я шёл не торопясь, вспоминал места, которые так запомнились с детства. Вот на этом повороте дед надломил стебель борщевика, содрал с него кожицу, дал мне попробовать, потом лукаво промолвил: «Были бы борщевик да сныть, а живы будем». А за этим бугром шли по обочине, иногда углублялись в лес — проверяли грибы. Вот поворот в соседнюю деревню Малиновку… Дальше — полуразвалившийся мостик. Правый берег реки густо зарос тальником. Здесь сельские ребята ловили хариусов…

В прошлый мой приезд дед всю дорогу покашливал, без всякого повода говорил: «Эх, внучок, внучок…»

Два года я не видел деда. Каким он стал сейчас?

Дорога, вся в рытвинах и ухабах, подходила к выселкам. Вскоре показался пруд. За ним торчала старая силосная башня. Её чёрный силуэт отражался в холодной воде. Я застыл, с улыбкой вспомнил, что моя первая рыбалка была на этом месте. Дед тогда сделал из тальника удилища, и мы пошли рыбачить на заросший камышами мысок. Я долго следил за поплавком из пробки, который ветром то и дело сносило к кустам. Неожиданно поплавок скрылся под водой, леска резко натянулась. Я дёрнул удочку и вытащил на берег карася. Дед заметил мой улов, подошёл и буркнул, что пора возвращаться. И всю дорогу обратно канючил, чтобы я сказал бабе Жене, что это он поймал рыбу…

Ещё в детстве я узнал историю деда. Во время войны он, весь исхудавший, вернулся домой. Жизнь в городе была голодная, и он уехал отъедаться в деревню, на север. Жил в семье Женьки — двоюродной сестры своей жены, моей бабушки. Муж бабы Жени не вернулся с финской войны. С тех пор дед стал жить на две семьи, а после смерти моей бабушки насовсем переехал в деревню…

Вот и знакомый взгорок, на нём — изба с покосившимися ставнями. Свернув на еле приметную тропку, я вышел к надворным постройкам. Угрожающе зашипел гусь, залаял пёс… Сырая земля у сарая была заляпана птичьим помётом. На крыльце лежал окровавленный топор. С силой толкнув плечом дверь, я ввалился в тёплую избу.

Дед сидел у окна, любуясь букетом из веточек распустившейся вербы. Завидев меня, от удивления высоко вскинул брови, вскочил и крикнул за печку:

— Женька, ставь самовар! Внук приехал!

Я прошёл вперёд и увидел в углу избы на маленькой скамеечке бабу Женю. Она ощипывала курицу.

— Боже ж мой! Егор! — разом выдохнула баба Женя.

Всплеснув руками, забегала по избе, засуетилась. Из беззубого рта хаотично вылетали звуки. «Вырос-то как!» — с трудом уловил я фразу из невнятной речи.

Я улыбнулся и достал из рюкзака банку брусники — всё, что осталось от прошлогоднего сбора.

После ужина мне постелили на топчане, и я утонул в перине. Над постелью — гобелен с изображением пятнистых оленей возле озера. На стене напротив веером висел хвост глухаря. Я долго смотрел на этот дедов охотничий трофей, вспоминал события последнего года...

Неделю я жил в почти обезлюдевшей деревне. Половина из двух десятков домов нежилые. На единственной улице тихо и сонно. Лишь однажды увидел старика с палочкой — говорили, что в молодости он повредил ногу на лесоповале.

По утрам я подолгу лежал на топчане и мечтал на манер Обломова. В доме, кроме листков отрывного календаря, читать было нечего. Я заскучал и на седьмой день под вечер сообщил, что завтра поеду в город.

Дед погрустнел. Потом попросил помочь сделать масло и, отирая платком лысину, с расстановкой, вполголоса промолвил:

— Отвезёшь матери гостинец... Совсем стала забывать... Ждал на Паску...

Баба Женя достала из подполья сливки. Я принялся взбивать их в деревянной маслобойке — узкой кадушке, стянутой двумя стальными обручами. Сидя на низком табурете, монотонно и бесчисленно повторял одно и то же движение: поднимал точёную ручку и быстро погружал её в упругие сливки. Порядком утомился, когда наконец почувствовал, что ручка маслобойки стала упираться во что-то твёрдое. Открыв крышку, я увидел бесформенный солнечный кусок масла.

Подошла баба Женя. Раздались аханья и звуки одобрения. Я был счастлив!

Следующим утром дед провожал меня возле околицы. Он тяжело кашлял. Из его воспалённых глаз по заросшей щетиной щеке сами собой текли слёзы.

Всю дорогу до просёлка я часто оборачивался, махал деду рукой, пока мог различать его одинокую фигуру.

Поезд прибыл в город поздним вечером. Выйдя на перрон, я пересёк площадь и бесстрашно зашагал через пустынные дворы привокзального микрорайона.

Под козырьком одного из подъездов стояли два парня. Я машинально кивнул им. Пройдя через двор, свернул к железнодорожному полотну и дальше пошёл по шпалам. В заплечном мешке я горделиво нёс ветку вербы.

Красные огни семафоров мигали в отдалении. В тупике замер ржавый вагон. Прозвучал протяжный гудок локомотива. На повороте заскрипели рельсы. Они прошли закалку в литейных цехах ушедшей эпохи.

Под куполом Римана

Сегодня ночью прошёл проливной дождь и очистил воздух от пепла. Наша небольшая группа биовулканологов смогла наконец выйти на маршрут. Нас было трое: Вианор, Электра и я. Мы шли по окраине леса, погибшего в пирокластическом потоке. Обугленные и ободранные стволы деревьев ещё дымились в низине. Прежде живописный ландшафт превратился в каменистую пустыню. «Да, жизнь разрушена, но где-то под ногами она, может быть, сейчас зарождается», — думал я.

Через три часа мы оказались у подножия нового вулкана — побочного и пока безымянного. Вулкан непрерывно рокотал. Лава, вылетая из его конуса, в воздухе распадалась на фрагменты — бомбочки, эти сгустки планетарной крови. Правее вулкана, как мираж, висел оранжевый диск солнца. Наши тени, несоразмерно длинные, со странными горбами, ложились вдоль склона.

Мы решили взять пробы ещё горячих обломков пород и достали из рюкзаков инструменты. Вианор в целях безопасности наблюдал за воздухом, а я отбивал кусочки от найденных раскалённых бомбочек в воронках и переносил в стерильные капсулы.

Вскоре извержение усилилось, и мы повернули в лагерь. Шли через долину, усеянную фумаролами, из которых струился сернистый газ. На северо-западе в дымке виднелся белоснежный купол основного вулкана. Мои спутники своевременно надели маски, я же успел надышаться и почувствовал недомогание. Голова немного кружилась, в памяти возникли воспоминания юности — наш двор, старые друзья, учителя...

В студенческие годы и после распределения мне довелось жить в новом микрорайоне, построенном на окраине рядом с овощной базой. Моя однокомнатная квартира была на третьем этаже панельного дома, который почти соприкасался углом с соседней пятиэтажкой. Такие, похожие на сундуки, дома с плоскими крышами строили тогда по всей стране.

В один из сентябрьских вечеров я сидел дома над рабочей тетрадью и обдумывал план научной статьи. За окном полыхал закат. Я вышел на балкон подышать свежим воздухом и посмотрел вниз.

Из узкого прохода между домами возник Елагин и направился к подъезду. Он нёс кожаный портфель, который почти касался земли. От рождения Елагин был карликом. Ребята во дворе никогда не смеялись над ним, только серьёзно смотрели ему вслед. Я часто заглядывал в букинистический магазин, где он работал. Елагин сидел в глубине помещения, окружённый внушительными стопками книг. Высокие, с лепниной своды смыкали ряды полок: там тесными шеренгами стояли фолианты. В этой обстановке он был похож на сказочного гнома. Однажды, ещё будучи подростком, я зашёл к нему домой и с удивлением обнаружил в прихожей на тумбочке череп человека. Меня охватило оцепенение. Я сглотнул слюну и, не промолвив ни слова, вышел за дверь. До сих пор не могу понять, почему это так напугало меня. Через пять лет, изучая анатомию на первом курсе медицинского, я спокойно брал в руки анатомические препараты черепа.

Я поведал об этом случае моему другу Илье, соседу по подъезду, когда мы решили в один из тихих вечеров тряхнуть стариной — сыграть пару партий в шахматы. В ту пору уже не существовало нашего любимого места — дощатого стола во дворе у раскидистой ивы, и мы сели на лавочку под бетонный козырёк подъезда.

Илья слушал внимательно, потом, с силой выдавливая звук «м», изрёк:

— А м-может, этот череп — напоминание о неизбежности смерти, «memento mori»?

— Для каждого гостя? Представляю...

— А сам он работает со старыми книгами, в которых оцифрованы страсти предков, — продолжил Илья свою мысль.

В детстве он заикался сильнее и стыдился своего дефекта речи. Прошли годы, и Илья стал вполне зрелым молодым человеком. Исчезли ямочки на когда-то пухлых щеках. Он успел окончить техникум и уже работал — ждал посетителей у прилавка своего киоска.

После игры мы пожали друг другу руки, и Илья скрылся в тёмном проёме подъезда. Это была наша последняя встреча.

В 90-е годы на месте овощной базы, сразу за нашим домом, появился рынок. Мать Ильи открыла там киоск. Раньше она работала на базе, поэтому смогла приватизировать небольшую торговую площадку. Но на это место нашлись завистники.

Сын помогал матери торговать. Когда не было покупателей, он, пользуясь свободной минутой, сидел над шахматными фигурами и придумывал новые комбинации.

В то роковое утро он подменил мать, но шахматы забыл и решил вернуться. Илья поднялся в свою квартиру на втором этаже. Неожиданно раздался звонок. Мать выскочила в прихожую и приоткрыла дверь, в тот же миг на дверную цепочку обрушился удар топора. Илья шагнул вперёд, заслонив собою мать, но её это не спасло — через мгновение всё было кончено. Из пластиковой бутылки змейкой полился бензин, в комнату влетела горящая спичка, металлическая дверь закрылась.

Узнав от соседей о трагедии, я вышел из дома и сел в троллейбус. Стоя у окна на задней площадке, смотрел на удаляющихся людей. Рядом со мной притулился паренёк в засаленной рубашке. Он держал наполненный жидкостью целлофановый пакет, иногда раскрывал его и ноздрями жадно втягивал пары. Паренёк смотрел отрешённо, как будто внутрь себя. Никто из пассажиров не обращал на него внимания.

Я доехал до конечной остановки, до квартала Ле Корбюзье, и превратился в прохожего.

Был май. На деревьях давно появились листья. Воздух наполнил аромат цветущей черёмухи. Люди радовались пробуждению жизни. Веселясь, играли дети.

Передо мной по аллее шла молодая пара, и, когда они миновали одинокое дерево с корявыми голыми ветвями, я услышал обрывок разговора.

— Дерево погибло, — отметил мужчина очевидное.

— Может, ещё оживёт, — промолвила женщина.

— У тебя всё оживает, — пробормотал он.

— А ты так сразу хоронить, — сказала она с усмешкой.

Я остановился, в раздумье посмотрел им вслед: она была одета в светлое, он — в тёмное.

В тот год я решил стать медико-биологом, чтобы изучать факторы роста. Хотелось понять, почему растут организмы, как использовать научные знания, чтобы помочь больному восстановить здоровье. Не исключено, что подсознательно на мой выбор повлияло знакомство с Елагиным и Ильёй...

«Что мы знаем о нематериальном?» — как-то раз глубокомысленно изрекла сокурсница Электра.

Мне повезло с наставниками. Многие были учителями с большой буквы. От известного академика я узнал, что в период войны один профессор придумал рецепт заживляющей мази для лечения раненых. Мазь делали на мясокомбинате из эмбрионов крупного рогатого скота. Огромный гомогенизатор перемешивал эмбрионы, превращая в глинистую

массу с сильным морфогенетическим полем. В сибирских эвакогоспиталях эту массу накладывали на изувеченные тела, и зародышевая плазма врастала в ткани, вызывая быструю регенерацию. Я настолько был поражён услышанным, что однажды увидел сон, в котором эта плазма наполняла дымящиеся после обстрелов окопы, активировала выжившие гены. Скелеты обрастали мышцами и венами, а по телам солдат судорогой проходили волны, возрождая жизнь, воскрешая облик.

После лекций я обычно шёл в библиотеку, читал Мечникова и Опарина, штудировал труды Пригожина по синергетике. Потом до ночи пропадал в институте, где мой наставник, профессор Богданов, работал над культивированием стволовых клеток человека. Но клетки не развивались без факторов роста, которых много в тканях эмбрионов и их крови. И тогда профессор предложил ученикам собрать кровь из пуповины новорождённых. Мы с однокурсницей Электрой вызвались пойти на очередное ночное дежурство.

Поздним вечером мы облачились в халаты и прошли в одну из родильных палат акушерской клиники. В ожидании роженицы присели на свободную кушетку, огляделись. Напротив стояла кровать для родовспоможения. Холодный свет люминесцентных ламп отражался в голубом кафеле стен. Время шло. Я держал на коленях штатив с пробирками для крови. Чтобы развлечь Электру, рассказал притчу про старого диггера, который, спустившись под землю, искал кристаллические друзы молодых отростков нарождающейся жизни. Друзы содержали факторы роста и поэтому обладали большим жизненным потенциалом, сравнимым лишь с силой живой и мёртвой воды.

После полуночи в палату привезли роженицу. Воды отошли, и женщина кричала от схваток. Внезапно раздался другой, новый голос только что родившегося младенца. Для меня это было откровением: «В один миг появился новый человек!». Я шагнул к роженице, но акушер движением руки остановил меня, перехватил мои пробирки и принялся наполнять их кровью из перерезанной пуповины. Я стоял покачиваясь, на лбу выступила испарина. На секунду обернулся к Электре. Она неподвижно сидела на кушетке, её бледный, как на греческом барельефе, профиль запечатлелся в моей памяти.

Близился рассвет, когда мы вышли из ворот клиники. Для получения сыворотки нужно было на центрифуге осадить сгустки крови, и мы направились в лабораторию кратчайшим путём — через безлюдный городской парк. Мягкое сияние полной луны озаряло тропинку и молодую листву на деревьях. Ветви отбрасывали причудливые ажурные тени, словно это было невероятно долгое солнечное затмение. Вдалеке над лакированными кронами тополей нелепо прорисовывался силуэт чёртова колеса. Я был в смятении. Какой из двух миров реальный? Там, в клинике, где мы только что были свидетелями рождения нового человека, или здесь, в парке?

Неожиданно Электра спросила:

— А ты читал новеллу Мопассана «Лунный свет»?

— Нет, не читал, — сконфуженно пролепетал я. — А что?

— Да так... — хмыкнула Электра.

Мы пересекли парк и вышли на улицу. Мрачные дома с тёмными окнами нависали над нами. Мы шли молча в полной тени этого огромного коридора. Незаметно над нашими головами начало серебриться небо.

Вскоре испарения из нашатырных фумаролов вернули меня к действительности. Мы подошли к лавовому потоку, кое-где в его трещинах виднелось ярко-красное свечение. Рядом с потоком грелась стайка птиц. Чуть дальше, в нескольких метрах, булькала в мелких углублениях сизая глина.

Настали сумерки, и мы, уставшие, наконец добрались до палатки. Развели костёр. Вианор накинул на плечи Электры лиловый плед. Они присели у огня, устремив на него взор. Я притулился поодаль, и вновь нахлынули воспоминания.

После учёбы в университете я устроился в институт морфогенеза. Как-то раз коллеги из Н-ска задумали проверить противораковые свойства эмбриональной ткани и предложили мне сотрудничество. Начали с куриных эмбрионов. Я поехал на птицефабрику, купил в инкубаторе сотню

оплодотво-
рённых яиц,
привёз в лабо-
раторию. Электра
быстро вскрывала
скорлупу, пинцетом
ловко извлекала эм-
брионы. Я же делал работу
медленно, размышляя, по-
чему из яйца выходит птица,
которая снова откладывает яйца.

За полученный препарат нам
хорошо заплатили.

Позже я случайно узнал, что коллеги из Н-ска продавали его больным
раком. Осерчав, мы решили больше не
подвергать себя искушениям. Электра перевелась на химический факультет. Я упал
духом и крепко напился...

Меня поддержал Вианор из соседней лаборатории, когда
я почти совсем прекратил исследования. Мой товарищ раз-
рабатывал энергетические конусы. Он создавал их из разных
материалов, содержащих, кроме прочего, вулканическую
пемзу.

— Жизнь когда-то зародилась
в вулканах, — объяснил Вианор.

— Да ты романтик, — кратко прокомментировал я, хотя мысленно уже
выстроил логическую цепочку: романтик — роман — выдумка — лженаука... Но последнее слово
произнести не осмелился — побоялся обидеть или оказаться неправым.

Вианор улыбнулся и убеждённо промолвил:

— Уверен, что жизнь начинается с иррационального пространства, — и после паузы добавил: — Во всяком случае,
мои конусы улучшают обмен веществ.

Потом он почесал затылок и разразился обстоятельным
повествованием про немецкого учёного Римана, жившего
в XIX веке. Оказывается, этот математик предположил, что
геометрия в микромире отличается от трёхмерной евклидовой геометрии. В конце монолога Вианор поделился своими
сокровенными идеями:

— Так вот, я думаю, геометрия в живом организме тоже
является неевклидовой! А мои конусы эффективны, потому
что под ними формируется эллиптическое пространство
Римана!

Огромный конус висел у него над кроватью. «Вот такие бы да на совхозные поля», — шутили коллеги.

Мы начали работать вместе и как-то раз поместили стволовые клетки с эмбриональным экстрактом под один из конусов. В эксперименте обнаружили, что в чашке Петри образуются зародыши новой жизни, но их рост останавливался после первых же делений.

Вианор собрался на вулкан искать природный материал для улучшения своих конусов.

Я же подумал: «Почему каждый раз для продолжения жизни нужно брать факторы роста у других? Неужели нет иного способа?» В научной литературе я нашёл, что жизнь на Земле могла зародиться в фуллереновых кристаллических трубках, и упросил Вианора взять меня в экспедицию. К нам присоединилась Электра. Так мы все вместе и оказались здесь.

На следующий день вулкан притих, и мы поднялись к кратеру. На вершине дул сильный ветер. Я осторожно приблизился к краю и заглянул вниз. Голова немного закружилась — с детства боялся высоты. Дно было завалено глыбами застывшей лавы, от стен кратера поднимались струйки желтоватого газа. Расстояние от края до дна — как с балкона третьего этажа. Вспомнил, как в нашем дворе, в доме напротив родители заперли в квартире провинившуюся дочь и ушли на работу. Девочка училась в параллельном восьмом классе. Цепляясь за перила балконов, она бесстрашно спускалась с этажа на этаж...

Я надел маску и термозащитный комбинезон. Прикрепив страховочный трос, начал медленно погружаться в жерло, в это тёмное пекло. Инстинктивно поднял взор и увидел большую птицу, кружащую над кратером. Солнце в зените светило слепо. Было жарко, но жар исходил не от него. Он шёл из глубин Земли, из её чрева.

Я продолжал спускаться всё ниже. Наконец достиг почти самого дна, где в расщелинах ещё клокотала лава, и с трудом взял несколько образцов.

Вечером мы вновь собрались в лагере у костра.

После ужина ребята исчезли в палатке. Я посматривал в сторону нового вулкана — не проснётся ли вновь, ведь кто-то же должен бодрствовать, быть на страже.

Взошла луна. Заснеженный купол вулкана-прародителя искрился бирюзой. Длинное облако из вулканических испарений мерцало в долине. Я был взволнован и потрясён увиденным. Потом улыбнулся от простой мысли, что в поисках научной истины оказался на месте того аббата из новеллы Мопассана.

Я открыл рабочий блокнот и сделал записи наблюдений. В конце добавил памятку: «Хочу назвать новый кратер именем Римана».

ТЁМНАЯ КОМНАТА, РЫЖИЙ ЧЕМОДАН

Было раннее июльское утро. В это время на третьем этаже ещё царил полумрак. В дальнем углу комнаты под лёгкой простынёй спал Глеб, мужчина средних лет. Он открыл глаза, потянулся, почесал пятку о подлокотник дивана. Правая рука уткнулась в табурет — зашуршала газета, на которой лежали огрызки сала и стояла пустая стопка...

Глеб лениво наблюдал, как комната наполнялась светом, обретала облик. «Будто на фотобумаге в ванночке с проявителем... А где тогда негатив?» — подумал он и, словно намереваясь проверить, спешно поднялся и в одних трусах подошёл к открытому окну.

Солнечные лучи проникали во двор через узкий проход между домами, мерцали в кроне тополя над балконом.

Почти полвека назад, когда родители Глеба заселились в только что построенную пятиэтажку, кто-то воткнул перед домом свежесломанный прутик. Молодая веточка пошла в рост, с годами превратилась в дерево. «Лучше бы яблоньку посадили», — как-то сказала мать Глеба. Соседи, чьи окна выходили во двор, иногда сетовали, что тополь заслоняет свет. Но срубить его никто не решался...

На широком подоконнике лежал фотоаппарат «Зоркий» — подарок отца. Глеб погладил кожаную кобуру, потёртую по краям. Бережно расстегнул на ней две кнопки, плавным движением до упора вытянул из недр камеры объектив. «Индустар» был установлен на «бесконечность». «То что нужно», — прикинул Глеб и взвёл затвор. Перешагнув порог балконной двери, нацелил видоискатель вдаль — на пустую лавочку у подъезда. Раздался короткий щелчок.

— На память, — сказал Глеб, хотя рядом никого не было.

Он вернулся в комнату, где повсюду громоздились коробки с книгами, стал у двери. На косяке под слоем белой краски с трудом разглядел свои годовые засечки. Примерил — самая нижняя на уровне пояса.

Стены в спальне были голые, и только в углу фиолетовым глянцем отсвечивал портрет Достоевского. У окна когда-то стоял письменный стол, за которым в школьные годы Глеб проводил по несколько часов в день — учил уроки или выпиливал что-нибудь лобзиком. Родители не позволяли полностью закрывать дверь, иногда подсматривали в щель: «Глебушка занимается...» Он старался этого не замечать, но чувствовал унижение, будто его ловили на тайном пороке.

Кровать с панцирной сеткой была давно вынесена, и только рыжий чемодан и ящик с фотоувеличителем стояли у входа в кладовку, которую в семье обычно называли тёмной комнатой.

Глеб вспомнил, как однажды отец пригласил его туда, плотно прикрыл за собой дверь и включил красный фонарь. Потом шаг за шагом показал весь процесс фотопечати. Всё было легко и просто, но за этой простотой Глеб почувствовал гениальность изобретателя. Отец прокручивал плёнку, и в красном квадрате мелькала череда силуэтов, распознать которые неопытному глазу было трудно. Наконец выбирал нужный кадр, клал под увеличитель светочувствительную бумагу и правой рукой быстро отводил шторку.

«Раз, два, три, четыре...» — шептал отец, а кистью левой руки, будто ворожа, совершал лёгкое движение, затемняя наиболее яркие места снимка. Затем засвеченный лист оказывался в ванночке, и через несколько секунд сквозь алую рябь проявителя проступали знакомые мамины черты...

«Отдам завтра фотоувеличитель Петру, он коллекционирует такие вещи, — подумал Глеб и наклонился над рыжим чемоданом. — Почему отец никогда не закрывал его на ключ? Ведь могло быть всё иначе!»

Глеб отыскал ключ внутри чемодана, проверил замки.

Много лет назад, будучи подростком, Глеб забрался по полкам чулана и снял этот чемодан с самого верха. Родителей дома не было, и мальчик приступил к изучению содержимого. Откинув крышку чемодана, он обнаружил армейские фотографии отца, проявленные негативы, фотобачок, химикаты для печати, несколько свидетельств о рационализаторских предложениях...

Глеб вынул из пожелтевшего конверта пачку снимков, из которой неожиданно выпала небольшая матовая фотография. На ней — отец в молодости. Он полулежал абсолютно голый в тени невысокого дерева, правый локоть утопал в траве. Одна ветвь склонилась над ним, и лучи солнца сквозь листву освещали его лицо. Он смотрел прямо в объектив. Полураскрытые губы замерли в улыбке. На обратной стороне стояла дата — снимок был сделан за год до рождения сына.

Глеб в растерянности держал фотографию, не зная, что делать. Ясный взгляд и насмешка обнажённого отца были ему противны. Неожиданно он понял, что

не может просто так положить фото обратно, сделав вид, что ничего не произошло. Глеб согнул снимок пополам и дрожащими руками разорвал по сгибу. Потом — каждую половинку — на мелкие части, пока пальцы могли удержать самый крохотный клочок. Смахнул всё в ведро и, не переобуваясь, вышел на улицу в тапочках. Задержав дыхание, опрокинул ведро в стоящий на углу мусорный бак.

Глеб не раз вспоминал тот роковой день. Это была ошибка, которую он не мог себе простить.

Вскоре Глеб заметил, что отец явно начал сдавать, и не только внешне. Однажды они ехали в полном трамвае, и он учил сына, как не уступать место — смотреть в окно или дремать.

На второй год у отца случился инсульт. Мать Глеба использовала все свои связи, чтобы мужа положили в хорошую клинику. Но спустя неделю лечащий врач от него отказался, и страдальца перевели в психиатрическую больницу далеко за городом.

В приёмные дни Глеб приносил ему еду.

Отец сидел на корточках на больничной кровати, и скомканная простыня не скрывала его наготы.

— Сколько мне лет? — спросил он.

— Пятьдесят шесть, — ответил Глеб и протянул литровую банку с гречневой кашей.

— Пятьдесят шесть? — скривив губы, хмыкнул отец и начал быстро работать ложкой, поглощая содержимое банки.

В палате между соседними кроватями с виноватым видом сновала молодая сестра.

Шли месяцы. Глеб стал замкнутым, уклонялся от встреч с друзьями.

И вот из больницы сообщили, что отец скончался...

Четверо мужчин снесли по лестничным пролётам гроб, поставили на два обшарпанных табурета под бетонный козырёк подъезда. Прошла церемония прощания. Гроб подняли на скорбные плечи и под музыку траурного марша пронесли мимо серых домов через двор, где одинокий тополь безнадёжно ронял последние листья. В духовом оркестре на большой трубе хорошо играл одноклассник Пётр.

«А вдруг то фото — как портрет Дориана Грея? Ну-с, вот вам, батенька, самый низкий мой поступок! Я убил отца!» — не раз корил себя Глеб.

После похорон друг покойного попросил Глеба сходить по одному адресу, сообщить о смерти.

Поднимаясь по деревянным ступенькам на первый этаж к Марьяне — так её звали, — он думал, почему для странных поручений всегда выбирают его.

Дверь открыла красивая пожилая женщина с печальными глазами. Глебу даже показалось, что она уже всё знает. Переступив порог, он очутился на вязаном коврике, точь-в-точь как у бабушки в деревне. В коридоре висело большое зеркало, увеличивавшее пространство.

Глеб не решился пройти — прислонился к косяку у входа в комнату. На комоде приметил фотографию хозяйки — молодая женщина в летнем платье у кромки реки, над водой — лёгкое облако тумана. Этот снимок он видел раньше — дома, в рыжем чемодане.

Глеб в двух словах сообщил о смерти отца. Марьяна закрыла лицо ладонями и отвернулась к окну. Послышались глухие всхлипы. Потом сквозь слёзы: «Она довела его, довела...»

Глеб постоял с минуту, пробормотал: «Извините, я пошёл». И торопливо прикрыл за собой дверь.

Марьяна долго стояла у окна, смотрела на покрытый первым снегом садик перед домом. Прямо напротив росла ранетка. Листья уже опали, но мелкие красные яблочки всё ещё украшали крону.

Марьяна вспомнила то утро, когда Платон пригласил её за город. От конечной остановки автобуса они шли по краю леса. С соседнего поля доносился пряный запах свежескошенной травы. Тропинка спускалась к заливному лугу. У реки, рядом с тальником, они обнаружили старую лодку. Марьяна сняла лёгкие туфли, поставила на мостки и, придерживая подол платья, ступила в воду. Туман стелился над рекой.

«Отличный может быть кадр!» — просиял Платон и извлёк из кобуры свой «Зоркий», с которым почти не расставался.

Последовал щелчок затвора. Платон присел на правое колено и снял Марьяну с нового ракурса.

В это время по стремнине проплыла коряга, завертелась в водовороте, задела затопленный смородиновый куст. Одна ветвь куста вмиг распрямилась, а коряга поплыла дальше.

— Гляди-ка! — воскликнула Марьяна удивлённо и задумалась, потом, вздохнув, промолвила: — Вот так и в жизни бывает.

— Да, не всё можно запечатлеть! — сказал Платон невпопад и повесил «Зоркий» на уключину.

Он разделся, сложил одежду на борт лодки и с разбегу, в кувырке нырнул с мостков.

Марьяна влюблёнными глазами наблюдала, как он уверенно плыл к заводи. Повинуясь желанию, сняла одежду в зарослях тальника и вошла в реку.

Уже на берегу поинтересовалась, намного ли Платон выше ростом. Они прислонились спинами, потом повернулись друг к другу лицами.

— Пойдём ко мне, — сказал он.

Она согласилась...

Марьяна зажгла свечу.

Со стороны садика, где в два ряда росли деревья, до глубокой ночи можно было видеть силуэт женщины в полумраке окна.

Глеб в задумчивости вышел из дома Марьяны и направился к остановке. Снег идти перестал. Поблёскивали звёзды. Он прыгнул на подножку трамвая, машинально купил билет и, обхватив холодные стальные поручни, упёрся лбом в широкое окно вагона на задней площадке.

Под равномерный стук колёс в голову пришла мысль, что если бы тогда Марьяна забеременела от Платона, его будущего отца, то он не родился бы вообще. Это «вообще» терзало его, не давало покоя: «События развивались бы иначе. Родился бы другой человек, но это был бы не я. Не Я! Получается, своим рождением я должен быть благодарен ей в той же мере, что и матери». Голова разрывалась.

Глеб не доехал несколько остановок, выскочил из трамвая и пошёл по тихой, запорошенной снегом улице. «Но такие мысли не возникли бы у меня, проживи я эти годы иначе, — думал он. — И если я люблю себя (а я люблю!), значит всё хорошо. Ошибок не было! Зачем я виню себя? Истинная причина болезни отца могла быть в другом. Ведь он тяжело переживал из-за развала страны, партии, завода, на котором работал всю жизнь. И много пил в последние годы...»

Глеб успокоился и сильно втянул в себя воздух наступающей зимы. Мимо с грохотом пронёсся пустой трамвай.

Было уже темно, когда молодой человек подошёл к своему подъезду.

Дома его встретила мама.

Прошли годы. Глеб окончил математический факультет, защитил кандидатскую и переехал работать в Голландию. Раз в год он приезжал в родной город, навещал мать. Во время этих визитов иногда встречался с друзьями, жившими по соседству, вспоминал детство.

Зимой в городе бушевал ковид. Мать Глеба не убереглась. В тяжёлом состоянии её подключили к аппарату ИВЛ, и через неделю она умерла. Из-за карантинных ограничений Глеб не смог приехать на похороны. А полгода спустя решил продать квартиру. Почти всю мебель вынес на свалку. Книги подарил библиотеке, фотоувеличитель же отдал Петру — знакомому коллекционеру в обмен на проявку последней плёнки и печать снимков. Были ещё дела, которые держали его в городе, и он переселился в гостиницу.

Оставался день до отъезда из России. В голове вертелась мысль: «Зайти к Марьяне или нет?» Но всё же откинул этот порыв: «А что я ей скажу? Может быть, она до сих пор ненавидит мою мать. Не буду же я у неё спрашивать, делала ли она тот снимок отца...»

Воскресным вечером Глеб встретился с Максом — другом и соседом по лестничной площадке. Они сидели в уютной кофейне в Заводском районе, где о заводе напоминала лишь кирпичная труба, дымившая в годы их юности. Глеб вытащил из кармана несколько чёрно-белых снимков.

— Глебчик! Ты ещё увлекаешься фотографией? — удивился Макс.

Глеб кивнул.

— А помнишь, как ты жался с Наташкой на этой лавочке? — промолвил он и протянул снимок.

— Было дело! По молодости, пока не понял, что она некрасивая, — сказал Макс.

Нож и вилка в руках Глеба на секунду зависли над тарелкой.

— А лавочка... теперь такие — раритет, — продолжил Макс. — В соседнем дворе все срезали.

У Глеба зазвонил мобильник.

— Да, всё в силе! Как договаривались... Подойду! Конечно! — ответил он и обратился к Максу: — Извини, друг, вынужден откланяться.

Глеб снял со спинки стула модный пиджак (на лацкане — флорентийская лилия) и протянул на прощание руку.

Наутро в дверь к Максу позвонил новый владелец квартиры напротив.

— Твой друг забыл. Нашёл это на полке в чулане, — сказал он и сунул Максу портрет Достоевского. — Не знаю, что с ним делать.

Смахнув с портрета пыль, Макс повесил его в кухне на вакантный гвоздь — будет с кем чай пить! Потом бросил вслух, хотя в комнате никого не было:

— Будем жить по совести. Да-с!

Он был растроган и настолько вошёл в роль, что чуть не перекрестился, словно перед иконой.

А в это время Глеб уже прилетел в Амстердам и успешно миновал фейсконтроль.

По ленте багажного транспортёра медленно плыл допотопный рыжий чемодан.

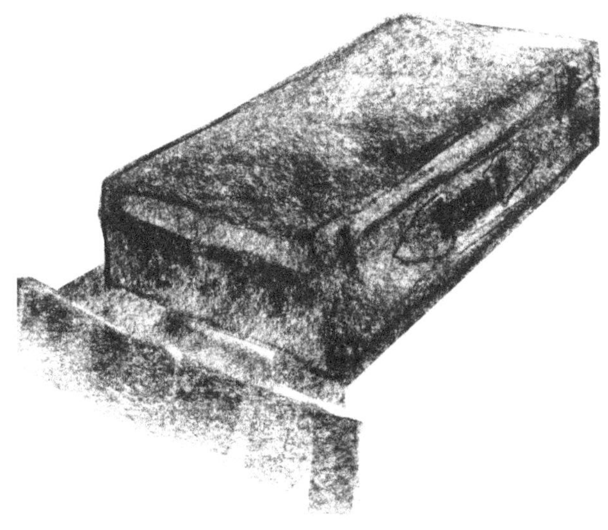

Второе спасение

От издателя
Несть числа рукописям, брошенным в море с бедствующих кораблей, — вспомним хотя бы Эдгара По. В прошлые времена, выловив такие рукописи, — в бутылках, под сургучом! — люди стремились на помощь. Но если рукопись была найдена в подвале, то подмога или опоздала, или уже не нужна, поскольку автор благополучно спасся. Недавно к нам попала подобная рукопись. Передал её молодой человек, который работал волонтёром при разборе завалов после воздушных атак в Украине. Он уверял, что нашёл тетрадь с записями в подвале полуразрушенной школы. Нами руководила сугубо литературная одержимость, когда мы решили опубликовать эти записи, не выдавая настоящего имени автора, — ведь война ещё не закончилась.

Высоко в небе пролетел маленький самолёт. Из него высыпалось облако конфетти, мерцающее в лучах солнца. Мы бросили играть в мяч и заворожённо наблюдали, как облако увеличивалось в размерах. Спустя минуту между нашими пятиэтажками, падая наземь, зигзагами порхали жёлтые листовки.

Андрейка, рыжий кудрявый паренёк из соседнего двора и мой одногодка, стоял неподалёку от меня. Когда первый листок коснулся земли, он поднял его и крикнул:

— Война!

Я сжался в комок: «Что теперь будет?» Женька, мой старший друг, потемнев лицом и выпятив нижнюю губу, замахнулся на рыжего. Тот присел и, защищаясь локтем, жалобно пропищал, глядя исподлобья:

— Не надо! Я пошутил!

Женька вырвал у него листовку — это оказалось поздравление ко Дню молодёжи.

Это событие из далёкого детства было первым воспоминанием, когда я пришёл в себя. В тот день две крылатые ракеты упали в квартале, где меня впоследствии нашли. Не знаю, сколько я пролежал в бесчувственном состоянии. Когда очнулся, увидел близорукими глазами разрушенную стену дома, за ней в колеблющейся дымке — неровный срез комнаты с опрокинутой мебелью. Что-то горело, шёл дым...

«Что происходит? Как... как я здесь оказался?» — думал я, с трудом поворачивая голову. Всё вокруг было как в тумане. Попытался крикнуть, но не мог произнести ни звука. Привычным движением потянулся поправить очки — их на лице не оказалось...

Наконец вдали над грудой щебня и искорёженной арматуры проплыли смутные силуэты. Они подошли, материализовавшись в двух рослых мужчин в камуфляжных комбинезонах, погрузили меня на тачку и по безлюдной улице отвезли в ближайший ангар — подсобное помещение торгового центра. Какой-то парень в защитных очках и огромных крагах занимался там сваркой — делал противотанковые ежи. Пахло карбидом, и этот знакомый с детства запах окончательно привёл меня в чувство.

Я осмотрел себя. Изорванная рубашка, на кистях рук — неглубокие царапины, запёкшаяся кровь, несколько мелких осколков стекла впились в предплечье. «Может, это осколки зеркала?» — подумал я, силясь вспомнить мгновения до катастрофы.

Помню, объявили воздушную тревогу. В панике я метнулся в сумрак прихожей — самое безопасное место в квартире. Включил свет и не узнал себя в отражении: на меня через перекошенные на переносице очки глядели выпученные глаза. «Почему один в эту минуту? Смерть здесь? Одному? Немыслимо!» — мелькало в голове.

Я ни во что не верил и никогда не молился. А ведь жизнь может прерваться в любой момент и ничего не останется после меня... Ноги дрожали. Хорошо бы хватить водки. На подзеркальном столике лежала коробка конфет «Київ вечірній». Больше ничего не помнил. Откуда конфеты? Кому? Что было неделей, месяцем раньше? Только помнил, что вдруг сильно грохнуло, и в зеркальной перспективе разом обвалилась стена и весь мир рухнул вместе с нею. В одно мгновение я перенёсся в преисподнюю...

Вероятно, из-за контузии я не мог пошевелить ногами. Первое время говорить тоже не мог, но так уже было раньше, в детстве, когда однажды с качелей упал на спину.

На следующий день я смог подняться, но ещё неверно ставил ноги — в спине сильно ломило. Утром сирены снова возвестили о воздушной тревоге. Поддерживая под руки, меня перевели из ангара в подвальное помещение школы. От медицинской помощи я отказался, заверил, что сам врач и со временем приду в себя.

Под отопительной трубой, обмотанной стекловатой, были сооружены топчаны. На них и расставленных в беспорядке стульях и ящиках притулились женщины с детьми, несколько пожилых людей. Мне указали на свободный топчан, набросив на мои плечи вязаный плед. Среди оставленных на топчане вещей аккуратной стопкой лежали общая тетрадь по алгебре, несколько учебников, гелевая ручка, очинённый карандаш… Мне объяснили: пару дней назад здесь сидели женщина с дочкой, но незадолго до новой атаки успели эвакуироваться. Из вещей взяли только самое важное. Девочка, ученица старших классов, выгребла из рюкзака школьные принадлежности и посадила туда кота. На обложке тетради прочитал имя: Алёна Приходько. Где-то я эту фамилию слышал раньше, но где? До середины тетради — задачи, формулы, и я подумал: «Жизнь уже не начать с чистого листа… Буду записывать сюда всё, что вспомню, тогда и память о недавних событиях скорее вернётся, а с ними — план, по которому жил». Заодно повторю школьные уроки по чистописанию! Линия вверх — вдох, линия вниз — выдох. Сосредоточусь на дыхании, очищу свой разум… И начал писать в клетчатой тетради, разматывая нить, привязавшую моё сердце к этой стране.

Воздушная тревога не прекращалась, и скоро в подвал набилось много людей. Молодая женщина принесла в судках еду. Из-за своей близорукости я не мог без очков разглядеть её, но представил, что у девушки должны быть добрые глаза, нежный профиль. Она разливала по кружкам горячий напиток.

— Спасибо, доченька! Теплее сразу стало! — промолвила бабушка, сидящая рядом.

Выпив узвара, я погрузился в полудрёму, вспоминая поездку в Киев с девятым классом во время зимних школьных каникул…

Толпа провожающих, сутолока на перроне, моя мама, машущая рукой. У мамы было такое озабоченное выражение лица, будто я поехал не в ту сторону… Всё это давно ушло. Поезд набирал скорость. После вокзальной суеты угомонились пассажиры нашей плацкарты. Проверив и собрав билеты, проводница раздала пахнущие чистотой комплекты постельного белья. Я лежал на нижней полке, иногда выглядывая из-под тонкого шерстяного одеяла, и прислушивался к стуку колёс. Полосы закатного света мелькали на светлых шторках. Сквозь стук было слышно дребезжание пустого стакана в подстаканнике — напоминание о недавнем чаепитии. Закат незаметно перевалился в ночь... Андрей, одноклассник и мой товарищ из соседнего двора, спал на верхней полке. Вдруг заскрипели тормоза, поезд остановился. В это время мимо промчался, протяжно гудя, встречный...

На следующий день нашего путешествия я достал из чемодана «Войну и мир» — хотелось ощутить момент, когда вне погружения в книгу не существует ничего. Но читать можно было только урывками: мы резались в карты, рассказывали друг другу анекдоты, играли в города. А колёса, не унимаясь, вторили на стыках: чита-чита-чита... Делились едой. С собой у меня были мамины пирожки с луком и яйцом. Иногда я открывал книгу, но не смог продвинуться дальше первой страницы.

Мы ходили украдкой, якобы в туалет, покурить. Андрей курил в тамбуре, изредка сплёвывая в приоткрытую наружную торцевую дверь — подбрюшье вагона, откуда неимоверно несло холодом.

— Долго ещё до Киева телепаться... — ворчал он, спесиво приглаживая свои рыжие вихры.

Я молча смотрел в продолговатое закопчённое окошко. То и дело мы слонялись по узкому длинному коридору вагона, в голове которого рядом с горячим титаном висело расписание остановок поезда. Названия станций были знакомы с детства — моего первого путешествия в Луганск...

Тогда было лето. Я ехал с бабушкой и дядей. Зелёный лес плыл за окном нашего купе, впереди поднимались Уральские горы. Дядя в расстёгнутой на груди военной гимнастёрке вышел в коридор и двумя руками опустил тяжёлую раму. Завидуя, я наблюдал, как он, мужчина двухметрового роста, высунув наружу голову и щуря от ветра минутой ранее захмелевшие глаза, пускает дым папиросы, издавая при этом мне на радость: «Ту-ту-у-у...» Дома остался его подарок ко дню рождения — паровозик с вагонами и рельсами. Рельсы можно было соединить кольцом или восьмёркой, и паровозик ехал по кругу, пока у него не кончался завод... Наблюдая в окно, как наш состав, изгибаясь, въезжал в туннель, я сокрушался о том, что перед отъездом мама выгребла из чемодана весь мой арсенал — карманные арбалеты со стрелами из стальных цыганских игл, рогатку, пугач... Во что играть с двоюродными братьями? В песочек?

Через несколько лет я узнал, что тогда дядю направили из нашего Сибирского округа на повышение в Луганское военное училище штурманов. «Он мог бы рассказать много интересного про классы истребителей», — думал я, стоя в холодном тамбуре.

А тем временем Андрей объяснял мне устройство линейных кораблей, миноносцев...

— После школы хочу в мореходку поступать, — вдруг выдал он свою сокровенную мечту. — Море. Романтика... Поедешь со мной?

Я на минуту опешил, потом разом выдохнул:

— Ну что ты! — но было лестно услышать от друга такое предложение...

Так мы ехали четыре дня: до Украины — тысячи вёрст!

Из экскурсий по Киеву помню одну. Подземелье. В нише под тяжёлым навесом — мощи: череп и останки скелета. С беспокойством оглядываюсь, ищу одноклассников и классную руководительницу, учительницу по алгебре...

...Вдруг осознаю, что я не в подземелье Киево-Печерской лавры, а в полутёмном подвале, и нет возможности отсюда выбраться из-за нескончаемых воздушных атак.

Электричество отключили. Зыбко горят свечи, маячат экраны айфонов, мелькают голубые конусы фонариков. Кто-то принёс керосиновую лампу. Некоторые из окружающих меня людей потеряли родных, жильё... С разных сторон доносятся фразы, в которых сплелись юмор, скорбь, ненависть, ожесточение, любовь:

— **бана русня!

— Можна встигнути збігати в магаз та зробити чайок.

— Через декілька годин бабка буде питати: це вже дев'ята чи десята тривога?

— Я уже давно испытываю тревогу, много месяцев, да что там месяцев — лет!

— Осатанело! С ума они там все сошли? Суки! Хватит!

— Вопрос поставлен, поставлен вопрос... До чего может довести желание объединения земель... — бормотал пожилой мужчина.

Одна женщина рассказывала о событиях минувшего дня:

— Стирала я. Взяла тазик с мокрым бельём, пошла на балкон. Слышу гул, будто реактивный самолёт летит: вж-ж-ж. Успеваю повернуть голову: ракета длиной с два этажа с крылышками вылетела как бы из-за моего плеча и впилась в дом напротив, а до него метров сто будет — мой балкон выходит на этот дом. До сих пор картина перед глазами... Взрывная волна была не очень сильная. Говорили, что ракета не взорвалась, её потом извлекали из дома. Но несколько квартир вынесло.

Женщина с растрёпанными волосами пела ребёнку колыбельную:

— *Гойда, гойда-гой, ніч прийшла до нас.*
Діточкам малим спатоньки вже час...

Оказалось, что я кое-что понимал по-украински, но сказать не мог.

— Это из-за таких, как он, война началась, — послышался приглушённый хриплый голос, обращённый в мою сторону. На говорившего зашикали...

Вдруг мелькнула мысль безо всякой на то причины, что где-то рядом, под развалинами пятиэтажки валяются мои документы, айфон, очки... «Ну вот, полностью обнулился», — думал я, силясь вспомнить адрес той квартиры.

Первые дни меня не замечали или старались не замечать. Люди были заняты размышлениями, смысла которых я понять поначалу не мог. Большинство приходили только на время воздушной тревоги. Потерявшие жильё продолжали оставаться в укрытии, ожидая попутной машины для эвакуации. Сознавая безнравственность пребывания здесь, я лежал под пледом, скрючившись буквой Z на дощатом топчане. Моя личина отделилась, в сумраке свисая вон с той трубы, — думает, вернуться или нет.

Давно я не ощущал себя таким ненужным...

…На обратном пути из той поездки с классом в Киев мы три дня провели на Казанском вокзале. Поезда в восточном направлении не ходили: в районе Урала на железнодорожных путях были снежные заносы. Деньги, выданные родителями на поездку, быстро закончились. Как Чук и Гек, мы пили кипяток…

Наконец пути были расчищены. Держась за холодные поручни, мы влезли в тамбур по обледенелым ступеням вагона. В переполненной плацкарте было хорошо натоплено, и это создавало ощущение надёжности и уюта. Наша классная договорилась с проводницей, что по приезде рассчитается за питание. Из вагона-ресторана нам принесли еду в металлических судках. Какое неимоверное блаженство после полуголодных дней на вокзале Москвы!

Клара, девочка с большими чёрными глазами, облокотившись на столик, искоса смотрела в окно, где веером мелькали бескрайние заснеженные поля. Смеркалось. Я сидел напротив на боковом месте, наблюдая за ней в отражении затемнённого стекла. До этого путешествия мы не были знакомы. Оказалось, Клара родом из Киева. Её мама ехала с нами, помогала учительнице в сопровождении. Последние три года Клара с мамой жили в доме в нашем дворе, а училась Клара на класс младше.

В один из январских вечеров спустя несколько дней после возвращения домой Клара позвонила мне и попросила помочь с домашкой по алгебре. Не застёгивая полушубок, лишь плотно придерживая одной рукой полы, я пересёк двор — по узкой тропинке, протоптанной меж серых сугробов, мимо заснеженных тополей, на которых прошлым летом ещё висели деревянные качели.

Примеры оказались лёгкими, но Клара, как я ни бился, не могла понять алгоритма решения. Из желания помочь я стал часто бывать в доме напротив. Иногда к Кларе заходила её подруга Неля. Однажды Клара достала из чулана фильмоскоп и, сфокусировав луч проектора на побелённую стену, предложила посмотреть старые диафильмы. Помню, один был про пана Ниточку. Представьте: у него было такое тонкое горло, что он мог есть только лапшу! — Зубов, что ли, не было? —

засомневался я. Неля рассмеялась, Клара же возразила, мол, это сказка, а у меня нет воображения.

Клара жила с мамой, а живёт ли с ними отец, я не спрашивал. Мама Клары была приветливой. Угощая нас пирожками, увлечённо говорила про астрологические прогнозы, что судьбу можно объяснить замысловатым движением планет. Я впал в раздумье, но, взглянув на проблему с другой стороны, вскоре записался в астрономический кружок. Занятия в нём стала посещать и Неля. Его руководитель как-то сказал, что Тунгусский метеорит упал на той же широте, на которой находится Ленинград, и что если бы катастрофа произошла несколькими часами позже, то локомотив российской истории мог пойти совсем иным путём. «Вот и верь после этого в астропрогнозы!» — думал я.

В августе наш кружок поехал за город на берег реки наблюдать метеорный поток Персеиды. К нам присоединилась Клара. Была тёплая ночь. Мы неподвижно лежали на открытой поляне в спальниках головами на север и смотрели в тёмную бездну. То и дело падали звёзды. Слышались радостные, ликующие возгласы: «Есть одна!» или «Вон там — совсем неплохо!» И чья-то рука взмывала вверх. Нужно было определить направление каждого метеора и отметить его вектор на карте звёздного неба, дабы потом по пересечению линий найти радиант...

По правде говоря, Клара мне нравилась. У неё были чёрные волосы с прямой чёлкой на лбу. Утром она шла лёгкой поступью по песчаной отмели и напевала приятным голосом: «Я так хочу, чтобы лето не кончалось...» Длинное ошкуренное волнами бревно лежало на берегу. Клара шагнула на него, я протянул ей руку.

— А ты загадывал желание, когда падали звёзды? — спросила она, балансируя всем телом.

— Я в это не верю, — робко ответил я, глядя на неё снизу.

— А я загадала, — поводя бёдрами, таинственно сказала она и, сделав ещё несколько плавных шагов, ловко спрыгнула на землю.

Я продолжал держать её прохладную ладонь. Взявшись за руки, мы шли дальше по косе в сторону густого соснового бора, потом дружно ступили на тропинку, устланную хвойными иглами. Иногда тропинка вырывалась на высокий берег, где внизу под откосом в лучах солнца дрожала широкая река, обнажая бесчисленные галечные перекаты. У одной из сосен над крутым обрывом мы остановились. Клара прислонилась к стволу, чтобы стряхнуть со ступни мешавшую хвоинку. Я приблизился и, увидев так близко её тёмные глаза, слегка покачнулся в нерешительности. Потом в каком-то забытьи осторожно приник к ней первым поцелуем... Обратно мы возвращались несколько ошалелыми, с распухшими губами...

— Где вы ходите? Автобус в город давно ждёт! — окликнула Неля, когда мы снова вышли на косу.

Чувствовалось приближение осени. Но в конце лета Клара неожиданно уехала с мамой в Киев. Как потом оказалось, уехала навсегда. Было немного печально, но я так и не мог понять, люблю ли её.

Спустя год я поступил в университет учиться на врача и вскоре забыл о Кларе. Предсказывать рождение и гибель звёзд было заманчиво, но из всех наук я выбрал медицину.

...Сырой воздух подвала ночью становится тяжелее. Иногда я просто отключаюсь и не могу понять, во сне я или это обман восприятия. Но упорно продолжаю собирать по крохам зрительные образы прошлого, автоматически фиксируя их на бумаге, аккуратно, скрючив палец, повышая ценность каждого слова. Может быть, в переживаниях давно минувшего дойду наконец до настоящего времени и пойму, что происходит вокруг. Никогда не думал, что буду вспоминать свои ранние годы как важные для меня события. Некоторые детали помню отчётливо, и это забавляет: какое они могут иметь значение сейчас? Хотя... кто знает? Может, набрав побольше таких воспоминаний, буду спасён...

— Но если описывать всё в деталях, то понадобится ещё одна жизнь, — эту мысль я произнёс ненароком вслух.

— Вот и хорошо! Будет чем заняться, — с улыбкой промолвила соседка, женщина в платке с лицом в мелких морщинках, совсем как моя бабушка из далёкого детства. Неторопливо шевеля стальными спицами, она вязала свитер. На чемодане перед ней — образок Богоматери. Женщина ещё раз смущённо улыбнулась, отложила вязание и вынула из сумки фотографию, с гордостью сказав:

— А это мой сын, в ВСУ служит!

...Во время ординатуры я записался лаборантом на плавучую поликлинику — теплоход «Здоровье»: измерять давление, брать из вены кровь, снимать кардиограммы. Наташа, женщина лет на десять старше меня, работала там же врачом. Каждый раз, когда я накладывал электроды на грудь молодой пациентки, она вспыхивала. Я всегда мечтал о большой любви, как в книгах, но природа взяла своё, и на пятый день пути на север у нас произошло сближение... Вечерами — а в этих широтах всю ночь были полярные сумерки — в каком-нибудь заброшенном посёлке, где даже не было пристани, мы спускались по крутым сходням на берег и, отойдя от теплохода на сотню метров, взявшись за руки и объятые неугасимым светом, шли по мокрому галечнику.

Ночью я украдкой проникал в её крохотную каюту. Маленький иллюминатор напоминал о космосе, в котором рождались и умирали звёзды, а мы тем временем поспешно стаскивали друг с друга одежду... Закрывая глаза, Наташа тихо стонала в моих объятиях, вздрагивали её ресницы. В такую минуту я ощущал невесомость, а она шептала:

— Будешь меня помнить... будешь... — но каждый раз после выпроваживала, объясняя, что не хочет привязываться. — До завтра, Гулливеров, — говорила она с улыбкой, намекая на мою фамилию. У порога я оборачивался и смотрел, как она, вся растрёпанная, ёжилась под одеялом, готовая погрузиться в сон.

Иногда Наташа доставала из дорожного саквояжа романы Жорж Санд или Уилки Коллинза — книги, которые любила читать моя мама. Вскоре эта связь стала меня тяготить, и я вздохнул с облегчением, когда после трёх месяцев плавания по сибирским широтам наш теплоход пришвартовался в родном речпорту. «„— Земля! — закричали матросы...“» — мысленно продекламировал я, спускаясь по скрипучему трапу с чемоданом в руке. На дебаркадере Наташу встречал мужчина. Муж? Она взяла у него букет и окунула лицо в цветы. Улучив момент, я проскользнул мимо, незаметно растворившись в толпе...

Мысль о поиске своего предназначения не отпускала меня, и после университета я, предварительно пройдя собеседование в серьёзной конторе, где, кстати, работал Андрей, устроился врачом на большой корабль. А как ещё сочетать жажду к дальним странствиям с профессией? Надо было взрослеть, а путешествия, говорят, способствуют этому. Да к тому же на судне меньше соблазнов...

— Мы дадим вам знать, если понадобитесь, — сказали в конторе. «Не сдерут ли потом шкуру?» — думал я, спускаясь по мраморной лестнице с колоннами.

Я побывал почти на всех континентах. Из каждой новой страны посылал маме открытку, иногда — обстоятельное письмо. Она так любила читать мои рукописные послания! Вечерами выходил на палубу, по старой памяти смотрел в ночное небо, искал Южный Крест. Гуляя по многоголосым набережным, где слышен плеск моря, знакомился с африканскими девушками. Не могу воскресить в памяти другие подробности тех странствий, лучше почитайте у Свифта про похождения судового врача Лемюэля... Помню, была Украина: Севастополь, Одесса...

И вот в один прекрасный день Союз распался, а я оказался в другой, но тоже родной стране. Однажды, приехав невзначай в вечернюю столицу, шёл по Банковой, думая, что никем не любим. У Дома с химерами вдруг понял, что был здесь в юности с классом. Исторические места! Всё ещё не веря, будто это был сон, вежливо спросил у молодой женщины, как пройти к метро, и неожиданно услышал знакомый голос. Это была Клара! Возможно ли такое? Она удивлённо ахнула, узнав меня не сразу:

— Веров?! Егор! Глазам не верю! Как возмужал!

Мы разговорились. К моменту нашей случайной встречи Клара успела побывать замужем. Она стала Приходько.

А ведь тетрадь, в которой пишу, подписана этой фамилией. Есть ли какая-то связь? На следующий день мы встретились в кафе на Крещатике, заказали круассаны. Клара поведала, почему тогда, девять лет назад — удивительно, как время летит! — оказалась в нашем городе. Её отца направили на повышение в Сибирский военный округ. Но дома он бывал редко. Вскоре открылось, что у него есть другая женщина. Мама подала на развод и вместе с дочерью вернулась в Киев. Клара не желала ехать и в состоянии депрессии чуть не ушла из жизни... Было видно, что ей тяжело об этом говорить.

— А ты как? — спросила она.

В ответ я пустился рассказывать о своих странствиях, живописно привирая кое-что про шторм, про то, как спасали китайских рыбаков, про китов и холодные айсберги... Мы смотрели друг на друга неравнодушными глазами. Она была всё так же привлекательна... «Как я мог ни разу не вспомнить о ней за все эти годы?» — думал я...

Тогда я решил всё бросить и жить на суше.

(Здесь страница вырвана.)

Работая в фармацевтической компании, я объездил всю Украину. В Луганске часто навещал свою тётушку. С ней было легко: она не докучала нудными разговорами о том, чтобы не гулять по темноте, не сидеть на сквозняке или теплее одеваться. Мы выходили на балкон, ели сладкую вишню, пили чай. Я признался, что в детстве, когда приезжал к ним с бабушкой в Луганск, бегал вечерами с её сыновьями по соседним дворам, срезая бельевые верёвки для игры в лассо. Потом учил двоюродных братьев делать арбалеты, пугачи... Вспомнил, как на пути в Луганск в приступе сомнамбулизма чуть не потерялся — побрёл за мужчиной, похожим на её мужа, и по переходу ушёл на другой вокзал, где окончательно проснулся среди чужих. А на обратном пути домой мама нас не встретила — вместо харьковского поезда пришла к прибытию скорого из Хабаровска: страна была такой огромной, что география не помещалась в голове простых людей. Тётушка молча кивала, раскладывая сложный пасьянс, потом загрустила: её сыновья к тому времени ушли в мир иной.

Я стал говорить тётушке, что о моём возвращении на родину не может быть и речи. Сердясь, плевал вишнёвые косточки на зелёный газон и думал, что счастлив, ведь в соседнем городе живёт Клара, моя Клара.

Спустя несколько дней после моего счастливого спасения я начал уверенно ходить. Как-то раз от скуки вышел в коридор и принялся исследовать подвал, в котором мы все вынужденно находились. Оказалось, рядом есть ещё одно помещение, а замок на двери сорван. Я заглянул, осветив пространство фонариком — там был музей боевой славы одной дивизии. Со стендов, покрытых паутиной и пылью, выхваченных из темноты неверным светом, смотрели проникнутые духом войны экспонаты: полуистлевшие военные билеты, ржавые винтовки, позеленевшие гильзы снарядов, свисток боцмана... Я невольно отшатнулся, когда в затемнённом стекле следующего экспоната мелькнуло моё чужое, заросшее щетиной лицо. На стенде лежали ржавые инструменты для медицинских операций в полевом госпитале... Медицинские инструменты! Вспомнил, как, работая на корабле врачом, однажды и единственный раз должен был срочно удалить гнойный аппендицит одному из пассажиров. В середине операции у меня затряслись руки, холодный пот заливал глаза. Только благодаря опыту и самообладанию сестры всё закончилось благополучно... Вдруг где-то наверху сильно грохнуло, задрожали стёкла на стендах музея, и я поторопился в своё укрытие.

Минуло больше трёх недель с тех пор, как я оказался в подвале. Есть ли в этом высший смысл? За эти недели дошёл до состояния почти полного отупения и бесчувственности. Воспоминания утратили логику. Медитация с каллиграфией не помогают. Дремлю с перерывами...

Смеркалось, когда мы с Николаем и Степаном, соседями по убежищу, вышли наверх приготовить еду. Огляделись. За день на улице произошли разрушения: в доме напротив была снесена часть крыши, другие постройки стояли с выбитыми стёклами. Зарево далёкого пожара виднелось на горизонте — горела городская электростанция. Николай был взбешён.

— Можно ли представить «вершителя судеб», с ухмылкой отдающего приказ? — сказал он низким голосом. — Или ублюдка, который утром рассчитывает траекторию смертоносной ракеты, а потом идёт к любовнице...

Степан отпускал в таких случаях обильную матерщину, но в это раз промолчал, лишь злобно скрипнув зубами, сплюнул с ненавистью на землю. Я потупил голову — не хотелось верить, что люди способны на ужасные злодеяния. В таком мире не было смысла. Нужно что-то делать…

— Если бы в этих ящиках была цветочная рассада, — кивнул я в сторону школьных теплиц, — высадил бы её на клумбы.

Степан и Николай переглянулись.

— Куда загнул, — сказал Николай. — Не так-то просто делать обычное добро в условиях каменного века.

Я внутренне согласился — обычно меня убедить легко.

Разломав на дрова пустые ящики с запахом прошлогодней земли, мы развели костёр. Степан принёс картошку, рис, воду. Заварили похлёбку: в воду положили продукты и поставили кастрюлю на два кирпича над огнём. Несколько минут стояла тишина, только трещал костёр. Немного погодя, Степан достал фляжку, разлил по кружкам водку. Мы чокнулись:

— Слава Украине!

Потом выпили ещё…

В течение этих дней мы, казалось, переговорили обо всём на свете и теперь, одичалые и небритые, замерев, смотрели на умирающее пламя. Из костра вырывались последние искры, взмывая вверх. Город спал без света, и на небе были хорошо видны звёзды. Вспомнил юность: почему бы не загадать желание? Я ждал падения метеора, но, видно, для него было не время и не место… Потом вдруг вообразил, будто наш корабль потерпел крушение, а мы оказались на необитаемом острове. Выловив из океана остатки провизии, нашли убежище в пещере, и вот теперь надеемся на спасение. Вокруг — никого. Ни звука, ни шороха! И страшно стало от этой тишины и неизвестности… Моё видение нарушил лай брошенных собак.

…Вчера ранним утром приходила машина для эвакуации. Я отказался в пользу женщины с ребёнком, вышел их проводить. У обочины в тени каштана ждал запылённый седан с разбитым бампером и простреленным багажником. Перед отъездом мы подошли к соседнему дому, где несколько дней назад во время бомбёжки под бетонной плитой погибла мама этой женщины. Она была похоронена в воронке на детской площадке у качелей-лодочек — ни креста, ни камня. Женщина всплакнула у песчаного холмика на могиле и, окинув отсутствующим взором разрушенный подъезд, сжимая в кулаке платок, поспешила с дочкой к машине. Я метнулся к водителю-проводнику, поинтересовался, нельзя ли устроиться врачом в их бригаду. Тот кивнул и пообещал в следующем рейсе взять в дело, потом завёл мотор. Я глядел им вслед. Поднимая столб пыли, машина набирала скорость. Шумели каштаны, а за площадью, усыпанной осколками, в тумане возносились свечки пирамидальных тополей.

...Прошлой ночью над нами раздался взрыв, мощное сотрясение пронеслось по своду. Выход из подвала завалило, при этом стена, отделяющая наше помещение от школьного музея боевой славы, немного покосилась, образовав узкий проём — как раз над моим топчаном. В последний момент вложу записи в этот «портал» — хочется передать их людям. Пусть мои записки несколько сумбурны и противоречивы, но я как мог старался не докучать будущему читателю излишней исповедальностью...

Я почти перестал писать, но не из-за отсутствия света — днём он проникает через узкие, похожие на отверстия в дзотах, окна под самым потолком. Вечерами тускло мерцает жёлтое пламя керосиновой лампы — с ней веселее, несмотря на едкий чад, от которого щиплет в носу... Из трубы капает вода, постукивая по днищу таза. Странно, ведь в другое время такой стук меня страшно раздражал бы. Сейчас же он стучит, как метроном, со своим характерным только для этого пространства внутренним тактом. Моя душа настраивается на этот ритм, сползая в забытьё...

Не является ли всё вокруг порождением моего воображения?

Иногда кажется, что в этой обстановке нелепо вести записи, будь они трижды переписаны красивым почерком! Больше волнуют другие вопросы: насколько я сам вовлечён в эти трагические события? Не пошёл ли за кем-то в очередном приступе сомнамбулизма? Буду ли рад, если всё вспомню? А может, моя жизнь — ерунда? Надеюсь, что я не был подлецом, не делал гадостей, никого не унижал... Ну а если перед кем-то виноват, то простите!

...Еда закончилась. Пьём ржавую воду из трубы. Воздух зловонен и спёрт. Тело плохо слушается, трудно вставать, немеют конечности...

Сидя в полумраке, просмотрел первые страницы тетради. Одна система уравнений с двумя неизвестными была без ответа. В школе неплохо выполнял такие задания. В голову пришла мысль: если решу, то нас спасут...

Нас осталось трое: Степан, Николай и я. Вчера у Владимира Сергеевича, старика, который лежал на топчане в дальнем углу, случился сердечный приступ. Он тяжело дышал, с хрипом, с трудом говорил. На щеках — багровые синяки. А я не мог ничем помочь! Сегодня он перестал отвечать на вопросы. Когда я подошёл и прикоснулся к его распахнутой груди, он был уже холодным. На его лице, слабо различимом в тусклом свете, застыла блаженная улыбка...

...Снаружи послышался нарастающий гул голосов. Николай предупредил, что могут отобрать телефоны и записи. Если есть какие-то «носители информации», то лучше спрятать — сунуть в щель, закопать.

— Сделай вид, что тебя до сих пор не существовало, — посоветовал он.

Страх оставил меня. Мне стало спокойно. «Будь что будет!» — подумал я.

Яркий свет фонаря. Больно глазам... Голос: «Документы приготовьте!» Сейчас я увижу своих спасителей... или палачей...

От издателя
Нам было любопытно узнать о дальнейшей судьбе Егора. Оказалось, что Клара с дочерью уехала в Польшу по программе иммиграции для лиц, признанных беженцами. На звонки она не отвечала. Мы разыскали Степана и Николая — вместе с ними Егор прятался в подвале, а со Степаном потом лежал в госпитале.

Степан сообщил, что к Егору в палату заходил мужчина с бесстрастным лицом и глубокими залысинами в рыже-

ватых волосах. По всему было видно, что они знакомы, обнялись даже. Егор его Андреем называл. Тот воскликнул: «Веров?! Живой! Ну, брат, ты в рубашке родился! Смотри, скоро будут ходить легенды о чудесном спасении корабельного врача!» Интересовался, не голодал ли, не мёрз ли в подвале. Потом намекнул, что хватит торчать здесь, пора отдавать долг Родине. «Мы дадим тебе шанс понюхать пороху, возможность совершить подвиг! Завтра в Севастополь поедем! И на корабль!» — сказал Андрей с елейной улыбкой и, похлопав Егора по плечу, вручил повестку о мобилизации. Вскоре после этого Егор вышел в коридор, якобы в туалет. С тех пор его не видели...

— Незадолго до нашего спасения Егор вскользь упомянул, что решил записаться врачом в бригаду медицинской эвакуации, — сказал Николай по телефону. — Признаться, я тогда с сомнением отнёсся к его словам, ведь мне казалось, что он довольно далёк от проблем нашей страны. Был не от мира сего... Но он же врач, может спасать людей, в конце концов. Коли действительно надумал, то, скорее всего, пошёл через линию соприкосновения. Что ж, достойный поступок, если хотите — подвиг.

Может быть, может быть... Не каждый способен незаконно пересечь линию соприкосновения — для этого нужно иметь мужество или хотя бы авантюрную жилку. А пройдя — в мирной обстановке, у тётушки, покорно раскладывать пасьянс, вдохновенно привирая о последней и весьма короткой поездке на родину, о том, что скоро вернётся на большой корабль, будет бессрочно путешествовать, шататься по свету... А потом, в какой-нибудь далёкой стране с тёплым климатом, где нет ни пушек, ни танков, выйдет на распутье и недолго думая, охваченный дивным восторгом, пойдёт вперёд по одной из дорог, неважно по какой: куда ни глянь — там всюду красота, птицы поют...

Секреты Виктории

От автомобильной парковки до детского дома было метров сто, и посетителям нужно было пройти это расстояние через сосновый бор. Держа под мышкой большую плоскую коробку, Роман неторопливо шагал по устланной рыжеватой хвоей тропинке, то и дело щурясь в пятнах солнечного света. Его лицо, вначале довольно унылое, вскоре расплылось в благостной улыбке. Каждое посещение детского дома было событием. В такой день он чувствовал, что жизнь наполняется тем смыслом, который уже не могут дать ни собственный дом, ни работа.

Два года назад с женой Марией случилась беда. Она серьёзно заболела, и понадобилась операция, чтобы остановить внутреннее кровотечение и сохранить жизнь. К несчастью, хирургическое вмешательство привело к бесплодию. Выписавшись из больницы, Мария подолгу лежала на кровати, молча уставившись в потолок. «Я пустая, совсем пустая», — сказала она однажды и, закрыв лицо руками, отвернулась к стене. После операции прошло несколько месяцев, Мария окрепла, но всё ещё не подпускала к себе мужа. А однажды даже обмолвилась, что будет не против, если муж ей изменит. «Ну что ты! Я тебя люблю! Всё наладится, возьмём на воспитание ребёнка из детского дома», — подбадривал Роман, но Мария отказывалась наотрез, не веря, что таким образом можно создать полноценную семью.

«Ради чего жить дальше, если нет детей, нет и не будет будущего?» — думал Роман. Жена пребывала в постоянной депрессии, и находиться дома становилось порой невмоготу. Мария была женщиной красивой, младше мужа почти на десять лет, но после операции сразу как-то потускнела, черты лица заострились, и разница в годах стала незаметной. В конце концов Роман понял, что не может уже доставлять жене радость — одну только боль.

Теперь он рано уходил из дома и поздно возвращался. Вечера часто проводил в обществе старых приятелей, с которыми семь лет назад пил за «наш Крым». Сидели в ресторанах с чужими жёнами, болтали о том о сём. Но в конце февраля началась новая эпоха. Друзья говорили: «Надо было делать это тогда». Роман равнодушно кивал головой, не желая нарушать дружеского единодушия, необходимого, как ему казалось, для простого человеческого общения.

Роман часто бродил в глубокой задумчивости, как сомнамбула, по родному Городу-на-Реке, думая: «Ведь надобно же что-то оставить после себя, запечатлеть...» И вот как-то раз тёплым майским вечером в одной из витрин на центральном проспекте увидел наборы для рисования — карандаши, краски, мелки. Мужчина вспомнил, что в юности неплохо рисовал, даже посещал художественную школу, которую, правда, так и не окончил. «Почему бы снова не попробовать?!» — подумал Роман и, зайдя в магазин, тут же купил набор пастели и бумагу. На следующий день рано утром, когда жена ещё спала, он уехал за город на пленэр.

С тех пор каждые выходные Роман проводил на природе: ходил по лесным опушкам, созерцая ландшафты, рисовал. В один из тёплых летних дней он шёл вдоль берега реки, наслаждаясь красотой пейзажа, и на вершине покатого холма, почти сплошь поросшего лесом, вдруг увидел дом. Вернее, только высокая крыша, украшенная причудливыми резными драконами, полностью открывалась взору случайного путника, сам же двухэтажный деревянный особняк лишь угадывался меж деревьев. Выбрав подходящий ракурс, Роман разложил стульчик, достал мелки... Этюд тогда не получился, но Роман решил прийти сюда ещё.

Дом заинтересовал его. Наведя справки, Роман выяснил, что дом, построенный более ста лет назад в стиле позднего модерна, в середине двадцатого века был дачей высокопоставленного члена горкома партии. Во времена перестройки после жарких дебатов новые городские власти передали особняк под детский дом «Алые паруса».

На следующий день Роман позвонил, предложив свою помощь. Инициатива была с радостью принята.

Сначала было нелегко. Навыки общения из мира взрослых здесь не работали. Роман не знал, о чём с детьми говорить, как вести себя. Тогда на помощь ему приходили воспитатели детдома, помогали советами.

Так в хлопотах и попечении о детях-сиротах прошёл почти год.

— Анна Пална, доброе утро! — проговорил Роман, увидев директора детского дома. Она стояла на крыльце спиной к Роману, и он не мог рассмотреть, чем она была так занята, что не могла оторваться от своей затеи.

— А, Роман Львович! Здравствуйте, дорогой! Давно нас не посещали, — ответила Анна Павловна высоким приятным голосом, взглянув на гостя через плечо. Роман подошёл ближе и увидел, что Анна Павловна пыталась покормить белку с ладони. Не осмеливаясь приблизиться к человеку, белка прыгала по веткам ближайшей сосны, балансируя пушистым хвостом.

Роман, бережно держа в руках большую коробку с конструктором Lego, остановился поодаль, наблюдая идиллическую сцену.

— Хорошо-то как! Когда приезжаю сюда, отдыхаю душой и телом. Здесь такой воздух! Дышишь и не надышишься! — сказал он и в подтверждение своих слов с удовольствием втянул носом смолистый воздух соснового бора.

Анна Павловна, не дождавшись, когда белка наконец спустится с разлапистого дерева, высыпала с ладони орехи на широкие перила крыльца. Роман открыл дверь, пропуская женщину вперёд, и приветственно кивнул пожилому вахтёру с разбухшим лицом и сердитыми бровями.

— Оставьте это пока в моём кабинете, — Анна Павловна указала коробку с конструктором, которую Роман продолжал осторожно держать перед собой двумя руками. Дождавшись, когда Роман пристроит коробку, она продолжила: — А у нас новые воспитанники. Буквально вчера двое поступили с освобождённых территорий. Пойдёмте! — И, ловко подхватив Романа под руку, Анна Павловна повела мужчину по коридору.

Они вошли в большую игровую комнату, где за столами сидели несколько детей разных возрастов. Анна Павловна показала на новеньких:

— Это Вика и Петя... Дети, познакомьтесь: Роман Львович, наш опекун и частый гость, — произнесла Анна Павловна.

Петя оказался сутуловатым мальчиком лет девяти, в очках, он еле заметно мотнул головой, на секунду оторвавшись от компьютера. Девочка Вика, лет тринадцати, с огромными карими глазами и светлыми вьющимися волосами до плеч, растерянно встала в дальнем углу комнаты.

Остальные дети обступили Романа. Он знал их всех по именам; не торопясь, разговаривал с каждым, расспрашивал, как дела. Роман не был здесь почти месяц: уезжал в столицу по делам строительной компании, потом был городской совет, знакомство с новым губернатором. Обсуждали текущий проект по реконструкции коммунального моста...

Анна Павловна с молчаливым участием следила за их общением. Через некоторое время она вышла из игровой, но вскоре вернулась, неся в руках привезённый Романом набор Lego. А когда Роман собрался уезжать, Анна Павловна предупредила, что в следующую субботу приедут казаки — будет урок патриотического воспитания. Роман сообразил, что в этот день в детдоме будет не до него. «Найду, чем заняться», — подумал он.

В субботу Роман со спокойной душой отправился на пленэр. Не доезжая метров пятьсот до знакомого поворота, он свернул на просёлочную дорогу, ведущую к реке. Выйдя из машины, разыскал место, откуда впервые год назад — как время летит! — рисовал особняк. Положив на колени картонку с листом бумаги, Роман достал мелки и набросал композицию будущего пейзажа: по весеннему цветущему лугу извилистая тропинка ведёт на пологий волнистый холм, где меж сосен виднеется чудесная крыша с драконами... Он был настолько увлечён рисованием, что не заметил, как подошла Вика и молча стала рядом.

Роман не любил, когда кто-то смотрит через плечо, но в этот раз пристальный взгляд девочки не мешал работе.

— Мне бы хотелось оказаться на твоей картине, — неожиданно прервав творческое действо, сказала Вика и повернула козырёк своей бейсболки на затылок. Тонкие губы девочки растянулись в улыбке.

— Я не волшебник, — шутливо ответил Роман и внимательно посмотрел на Вику.

В глазах девочки мелькнул огонёк лёгкой насмешки.

— Пойдём к реке! Хочешь? — тихо спросила она и, опустив длинные ресницы, не оборачиваясь, пошла вперёд.

Её слова произвели магический эффект. Отложив в сторону мелки и забыв о своём возрасте, Роман в один миг превратился в мальчика, готового выполнять любые капризы соседской девчонки, будто вернулся в далёкое детство — с ним снова говорили на «ты»! Очарованный, он шёл следом за девочкой. Тропинка вела в неглубокий распадок, где журчал ручей. В этом поросшем кустарником месте Роман вдруг очнулся и, протянув руку, воскликнул:

— Осторожно! Ступай по доске!

Вика сделала шаг, но, поскользнувшись, на мгновение невесомо коснулась его груди и негромко рассмеялась.

По дороге Роман рассказывал, что в юности любил рисовать, потом поступил в архитектурную академию, последнее время работает инженером в строительной компании — проектирует мосты. О мостах мог бы говорить часами! А от Вики Роман узнал грустную историю: когда ей было лет шесть, мать утонула в море, отца не помнит. С Петей оказались здесь не сразу... «Он не брат мне. Вместе жили в одном детдоме», — пояснила Вика.

У крутого берега тропинка резко уходила вниз, но спускаться к воде было опасно. Большая полноводная река здесь делала излучину и, пенясь у края, подмывала яр. То и дело был слышен шум падающих камней. Вика напряжённо смотрела вниз, где в лучах солнца искрилась быстрина.

— У вас сегодня были гости. Почему ты сбежала? — спросил Роман, нарушив молчание.

— Они не пели песен... Говорили о солдатах... Мне стало скучно, и я ушла, — девочка смущённо улыбнулась.

— Что ж, весомый довод, — улыбнулся в ответ Роман.

Подняв голову, он посмотрел на потемневшее небо. За рекой были видны всполохи приближающейся грозы.

— Посмотри туда, — указал он на всполохи, — это зарницы. — И принялся объяснять, что такое зарница и почему раскаты грома еле слышны.

Неожиданно налетел ветер, дружно закачались вершины деревьев.

— Однако пора восвояси! И побыстрее! — заторопился Роман.

Не оглядываясь, они торопливо зашагали в сторону особняка. Едва они поднялись на холм, как первые капли дождя глухо застучали по притихшей листве. У дверей детского дома Роман распрощался с девочкой и поспешил обратно. Дождь усиливался. Вернувшись к своему месту, Роман нашёл оставленный этюд совсем размокшим. Нарисованный дракон на коньке крыши дома расплылся, увеличившись в размере, и превратился в огнедышащего. «Как жалко! Но на всё, видно, воля Божья. Ничего, Моне свои стога тоже много раз рисовал. В следующий раз лучше получится, а этот реставрации не подлежит, если только по памяти...» — полушутя-полусерьёзно рассуждал Роман мысленно, направляясь к машине.

Вскоре Роман осознал, что ездит в детский дом ради Вики. Он привозил ей цветные карандаши, краски, учил рисовать. Ему казалось, что в детском доме все ждут, когда он заберёт Вику. Иногда приходила мысль об удочерении, но жена не хотела брать на воспитание детей. «Ты видишь или нет, в какое время мы живём? Была бы я помоложе да покрепче здоровьем, записалась бы санитаркой. Не знаешь, что будет завтра», — говорила она.

Роман хорошо помнил, как год назад в День Победы Мария с гордостью участвовала в шествии «Бессмертного полка» с портретом прабабушки, которая во время Великой Отечественной работала в госпитале. А теперь шествия не было. «Ну и хорошо, что отменили, — говорил Роман. — Уже непонятно, это про ту войну или про эту».

В центре Города-на-Реке на фасаде здания драматического театра висела огромная буква Z. А билборд на Почтамтской призывал: «Всё для фронта, всё для победы!» Если бы не эти вывески, можно было бы подумать, что ничего страшного не происходит. Жители города даже в семейных кругах на кухне не хотели обсуждать войну. Одни боялись доноса, ведь показательные процессы уже были. Другие, сознавая, что говорить правду трудно, утешали себя словами: «Мы всего не знаем». Иные были уверены, что у Европы скоро закончатся деньги, «Китай нам поможет, и мы победим». О поражении думать никто не хотел. Чтобы отвлечься от тяжёлых дум, ходили на концерты. Кто только не приезжал в этот год! Можно ли было представить раньше, что в городе будут гастроли Гергиева?! Роман не был поклонником классической музыки, но не мог отказаться, когда жена предложила сходить на концерт великого дирижёра. «Можно солгать, украсть и при этом делать людей счастливыми...» — думал он после концерта.

Жизнь шла своим чередом. Всё больше свободного времени Роман проводил в детском доме. Вика всерьёз увлеклась рисованием, но Анна Павловна сокрушалась, что девочка не показывает свои работы, о чём-то постоянно грустит, перестала здороваться по утрам, на вопросы отвечает односложно: да или нет. А какие у ребёнка могут быть секреты?

— И знаете, мне кажется, она верит, что вы её удочерите, — шепнула однажды директриса в коридоре, взяв Романа под локоть. — Но имейте в виду, Петя от неё — ни на шаг. Там они были в одном детдоме, хотя никаких документов об их родстве нет.

В начале лета Роман вызвался возить Вику в художественную школу.

— Я мечтаю жить в своём доме и иметь мастерскую, — как-то сказала девочка на обратном пути и добавила: — Только чтобы дом был рядом с лесом и свободно дышалось.

— Ты рассуждаешь прямо как взрослая, — покачал головой Роман.

По лицу девочки вдруг промелькнула тень. Она вспомнила артобстрелы, ракетные атаки и отвела заблестевшие глаза в сторону. Роман почувствовал неладное. Свернув в тихий переулок, остановил машину и предложил зайти в кафе.

— Что будешь? Эклер или мороженое? — взглянув исподлобья, спросил Роман, когда они сели за стол.

Вика на секунду задумалась и, как-то сразу повеселев, выпалила:

— А можно то и другое?

— Ну конечно, — ответил Роман.

Он смотрел, как она уплетает шоколадный крем, и перебирал в уме, о чём бы сейчас спросил, если бы был отцом. Потом в порыве великодушия ему пришла на ум шальная мысль: не завезти ли её к себе домой? Ведь жена уехала на отдых в Таиланд, не нужны будут сложные объяснения, что да как...

— У меня есть альбомы с работами художников-импрессионистов, — сказал Роман, когда они переступили порог его квартиры.

— Импрессионисты? А кто они? — спросила Вика.

— Вот Моне, например, — ответил Роман, доставая с полки тяжёлую книгу. — Ты смотри пока, а я пойду приготовлю что-нибудь поесть, — ему захотелось побаловать её чем-нибудь вкусным, домашним.

Вернувшись в комнату через полчаса, он нашёл Вику на софе. Девочка спала, поджав под себя голые ноги. На ней была малиновая фланелевая рубашка Романа, наполовину скрывшая худые бёдра. Её платье висело на спинке стула рядом. На журнальном столике поверх альбома Моне лежал каталог Victoria's Secret, раскрытый на развороте с моделями нижнего белья для девушек. Роман вспомнил, что каталог пару лет назад привёз из Америки шурин в подарок Марии.

«Ну и дела! Успела обследовать комнату, маленькая озорница!» — подумал Роман. В замешательстве он смотрел на девочку, и чем дольше смотрел, тем больше его охватывала тревога: её волосы разметались по подушке — уж не заболела ли она? Роман укрыл ноги гостьи шерстяным пледом, прикоснулся к голове — лоб был холодным. Ему захотелось прилечь рядом, согреть девочку своим теплом. Может, именно тепла близкого человека не хватало ей до сих пор?

«Куда теперь на ночь глядя? Оставлю ночевать», — решил Роман.

Он прошёл на кухню и, всматриваясь в темноту двора за окном, позвонил Анне Павловне, чтобы предупредить.

— Вы с ума сошли?! Чтобы завтра же вернули её! С огнём играете! Никому больше ни слова об этом! — с раздражением кричала директриса.

Роман с минуту оцепенело глядел на полную луну за окном. Спать не хотелось. Вздохнув, раскрыл на кухонном столе ноутбук, проверил почту. Пришло сообщение от шурина. В последнее время он редко писал, понимая, что посылать такие письма Марии было бесполезно. В который раз призывал уехать из страны, пока границы совсем не закрыли, убеждал, что невинная эпоха закончилась, что Россия скоро накроется ржавым тазом, и прочее в том же духе...

«Легко советовать. Сам стушевался десять лет назад... А что я буду делать за границей? Близкие здесь... В армию, конечно, не пойду, откуплюсь как-нибудь. В конце концов, я городу нужен, и, что ни говори, а рынок работает», — размышлял Роман. Собственные мысли не давали покоя, и Роман в сердцах достал из холодильника бутылку водки...

Ранним утром, несмотря на сильную головную боль, он повёз Вику в детский дом. Когда они спускались по лестнице, Клеопатра Николаевна, пожилая говорливая соседка этажом ниже, подозрительно посмотрела на них... По дороге Вика сказала, что проснулась посреди ночи и слышала, как Роман на кухне мыл посуду и изредка вздыхал. Уже на парковке у детского дома она живо повернулась к Роману и, поцеловав его в небритую щёку, выскользнула из машины. От неожиданности Роман заглушил мотор и долго смотрел, как она вприпрыжку бежала по устланной красно-бурой хвоей тропинке, пока не исчезла за поворотом.

С тех пор одна и та же мысль крутилась в голове Романа: «Удочерить не могу... А что предложить взамен? Дружбу? Дружбу сорокадвухлетнего мужчины, с седеющей головой? Кто в это поверит... Впрочем, что мне другие, пусть думают, что хотят», — размышлял он.

После этого случая Вика молчала целую неделю. Между тем близилось восемнадцатое августа — день, когда в селе Зерцалово, недалеко от Города-на-Реке, народные умельцы каждый год празднуют День топора. Чтобы немного развеселить девочку, Роман пообещал свозить её на праздник, рассказал, как наши предки, засучив рукава, топором прокладывали себе путь сквозь тайгу, могли и дом построить, и наличники на окна вырезать... Но неожиданно за день до фестиваля Роман получил от Анны Павловны короткое сообщение, что детский дом больше не нуждается в его помощи. «Что за чертовщина?» — подумал он, не поверив, и, несмотря ни на что, поехал. Но вахтёр твёрдо остановил его на входе:

— Извиняйте! Говорю вам русским языком: не велено пускать! Не будьте таким настырным!

Время шло. Роман был настолько огорчён историей с детдомом, что всё у него валилось из рук. И когда его пригласили обсудить проект строительства третьего капитального моста, то он плохо понимал, о чём в горсовете говорили другие специалисты.

А в начале сентября Романа арестовали. Обвинение было тяжёлым: растление несовершеннолетних. Мария с окаменелым лицом смотрела в одну точку, не понимая, что происходит. Очнулась она, когда мужа уводили в наручниках, и сдавленным голосом произнесла вердикт:

— Как ты мог, как мог? Говорила, не доведёт до добра благотворительность. Это всё твоя теория малых дел. В ближнем круге не можешь нормально жить — за других берёшься!

При обыске в квартире нашли рисунок: по весеннему лугу идёт девочка в коротком платье и держит над головой жёлто-синий мяч.

«Мы все попали под гипнотическое действие его обаяния», — говорила Анна Павловна при опросе свидетелей.

В СИЗО, в камере, сидя на топчане у холодной стены, Роман думал: «Это недоразумение. Меня оклеветали... Что делал не так? Какая нелепость! Ведь я — простой человек, можно сказать, заново родился, развернулся к жизни всем сердцем, испытал вдохновение...»

Однажды ночью он долго не мог уснуть, а когда провалился в сон, то увидел, будто Вика снова в его квартире, но теперь он лежит, а она укрывает его какой-то дерюгой и говорит: «Если не можешь удочерить, то женись на мне». — «Но я женат», — отвечает Роман. «Я тебя спасу. Ступай за мной, здесь должен быть ход на чердак. На крыше ждут драконы. Улетим на них... Нужно только прорубить лаз. У тебя есть топор? Ты же строитель, мужчина...»

Роман слушал и, очарованный, шёл следом за девочкой по тёмному мокрому тоннелю, стены которого были покрыты красно-коричневой плесенью, а с каменного свода свисала перламутровая слизь. Потом нащупал за пазухой топор, замахнулся. Стена беззвучно рухнула в облаке алой пыли... Они вышли на волю...

Когда проснулся, то не мог понять, что было правдой, а что — мороком.

«Может, я влюбился? Но она же ребёнок! Что буду говорить на допросе? Какой из меня Гумберт Гумберт? Курам на смех...» — думал он. Открытый взор девочки мерещился ему всё утро. «Кем я был для неё?» — корил он себя.

Вскоре Романа действительно вызвали на допрос. Ноги подкашивались, когда он шёл по коридору. Мужчина, явно не из работников тюрьмы, как было видно по его одежде и поведению, взяв в руки исписанный лист бумаги, сказал:

— Вам, должно быть, уже известно, что подготовлено постановление? — и, прищурив глаза, он стал искать нужные строчки. — Так, гм... Следователи указали, что вы действовали умышленно, из низменных побуждений, с целью удовлетворения своих половых потребностей... Читать дальше? — устремив цепкий взгляд на Романа, он аккуратно положил бумагу на стол. — Так вот, считайте, вам повезло. Разнарядка пришла. Нужен бригадир со знанием строительных работ — восстанавливать из руин дома, мосты, дороги, трамвайные пути, прочие объекты...

На минуту мужчина умолк. Роман задумался.

— Соглашайтесь, иначе с вашей статьёй тут не выжить, — продолжил мужчина. — Поработаете, а мы пока пересмотрим дело, может и процесса не будет. Дело непростое, на контроле у Бастрыкина. — Кашлянув в кулак, он добавил: — Надеюсь, я прозрачно сказал?

Роман на мгновение почувствовал свободу, представив, будто находится по ту сторону каменных стен — в тенистом сквере, созданном даровым трудом заключённых, где даже есть маленький фонтан; в сквере, куда много раз ходил в юности, где так приятно дул лёгкий ветерок, дурманил запах липы... Вспомнил, что, прогуливаясь в той жизни по аккуратно вымощенной дорожке этого сквера, и в мыслях не допускал существования рядом тюремных камер, от которых тянет могилой...

— Строить — не окопы рыть. Я согласен, — дрогнувшим голосом ответил Роман.

К нему сразу пришло успокоение, ощущение начала новой жизни — от прежней осталось лишь воспоминание.

— Ну вот и ладненько! Мы же не изверги какие — романтикам головы рубить. Но пыль вам всё-таки придётся поглотать, ничего не поделаешь... поработать, так сказать, в суровом настоящем... — на лице мужчины мелькнула довольная улыбка.

В детском доме «Алые паруса» уже всё было по-осеннему. Утром старших детей отвозили в школу, по вечерам они собирались в игровой комнате. Было шумно. В зале суетилась воспитательница, объясняя детям правила новой игры.

В восемь вечера вахтёр детского дома, сидя за своим маленьким столом, покрытым клеёнкой в клеточку, ел щи с чесноком. Поев, взглянул на настенные часы в виде домика с кукушкой, по-старчески разогнул спину, зачесал назад потный чуб и, надув щёки, прошёлся по коридору. Через открытую дверь, ведущую в большую комнату, старик увидел Вику и, подойдя к ней, стал успокаивать девочку, поглаживая её по волосам:

— Не горюй, касатка. Заберёт он тебя, как только построит дом.

В полутьме коридора без дела сновал долговязый Петя.

ПОСЛЕДНЕЕ БАБЬЕ ЛЕТО

Конец сентября в Монтане — индейское лето: ласковое солнце, голубое небо, воздух прозрачный и тёплый. Хорошее время для отдыха!

— Алёна из Золотой Долины пригласила в гости. Может, съездим? — спросила жена. — Ведь ни разу не были у них на ранчо.

Зная из разговоров, что муж Алёны разводит лошадей, я мигом согласился. Но подоплёка была не в лошадях, вернее, не только в них.

Последние два года нас мало кто приглашал, да и мы тоже — никого. Потом началась война, а с нею — хроническая депрессия, ничего не хотелось делать. Утром просыпались — сразу в инет за новостями из Украины. В марте думали, что война закончится к лету, летом — что к осени, но осенью пришло осознание, что это надолго и нужно как-то жить. Я отвлекался от тяжёлых раздумий, проводя свободное время на пасеке с пчёлами, жена стала больше вязать. Увидеть новых людей, пообщаться на русском — это же здорово! Едем! Развеемся немного!

Почти двадцать лет назад мы переселились в Бозман, небольшой городок между Йеллоустонским заповедником и началом реки Миссури. Оба работаем в местном университете. Дети выросли, разъехались по большим городам. А нам нравится здесь, на природе. Фильм «Там, где течёт река» с Брэдом Питтом в главной роли — про наши места. Живём в одноэтажном доме с видом на горы. Иногда вдали пролетает воздушный шар — простор!

До Золотой Долины на машине почти три часа — к вечеру вернёмся. После завтрака, выгуляв собаку и насыпав ей корма на день, отправились в дорогу. Я прихватил с собой гостинец — банку свежего мёда, неделю назад успел откачать.

Выехав на автостраду, пересекающую Штаты с запада на восток, преодолели перевал, за которым на берегах реки Йеллоустон раскинулся небольшой городок Ливингстон. Полвека назад недалеко отсюда у Соснового Ручья жил знаменитый Ричард Бротиган, последний битник, участник событий «лета любви». Но стоит ли завидовать, когда тебе шестьдесят?

Наслаждаясь видом, едем дальше. Справа — хребет Абсарока, слева вдалеке — Сумасшедшие горы, но до них — мили и мили бесконечной пожухлой прерии. Дожди во второй половине лета — редкое здесь явление. Размышляя о топонимике гор, невольно подумал: «А не сумасшествие ли ехать на пир во время войны?»

У посёлка Большая Лесина, а это только треть пути, свернули с автострады и, оставив позади горы, поехали на север по местному хайвею до Харлоутона. С обеих сторон всё ещё тянулась серая прерия. Этой дорогой мы пару раз ездили на реку Миссури на рыбалку. Сегодня в первый раз повернули от Харлоутона на восток.

Позвонили друзьям: опаздываем, начинайте без нас.

Сложно было вести машину в предвкушении застолья, сосало под ложечкой. Жена вязала «что получится» и в какой-то момент предложила сесть за руль. Я отказался — что мне делать, если не вести машину, вязать не умею...

Вдоль обочин всё чаще встречали изуродованные туши оленей. Начал считать: один, два, три... В какой-то момент бросил это дело, решив сосредоточить внимание на дороге — как бы не сбить самому.

Наконец навигатор показал, что мы недалеко от цели. Свернули на гравийку. Боковым зрением я увидел малопригодные для жилья вагончики, брошенные ржавые авто. В голове мелькнула надежда: это не наши. Петляя по буграм, дорога вывела на небольшой холм. На нём стоял крепкий бревенчатый одноэтажный домик, несколько машин было припарковано на поляне. По описанию похоже: наши!

Хозяйка дома встретила радушно. Познакомила с гостями. Гости — пять женщин из округа, примерно моего возраста (плюс-минус пять лет), приехали без американских мужей. Это естественно: хочется ведь не напрягаясь поболтать по-русски.

За домом дымился мангал. Джефф, хозяин дома, жарил котлеты для бургеров. Он был одет в джинсы и светлую рубаху, поперёк живота — кожаный ремень с огромной сияющей бляхой. Короткая седая борода красиво обрамляла его полное лицо. Я подошёл составить мужскую компанию. Разговорились.

Джефф раньше служил в армии. Был ранен и, выйдя в отставку, решил посвятить себя давней мечте — разведению лошадей и, может быть, созданию новой породы. А почему нет? Купил вот этот большой участок земли — он сделал широкий жест — отсюда край собственности не был виден.

Мы прошли в дом. Огромный стол был уже уставлен холодными и горячими закусками. Алёна первой подняла бокал. Оказалось, эта изба была построена специально для встреч с друзьями, а их семейный дом — дальше за холмом. Выпили за друзей. Закусили бутербродами из чёрного хлеба с красной икрой. Потом был тост за мир. Выпили и за него, наполнили тарелки… Женщины обменивались кулинарными секретами.

После сытного обеда Джефф предложил пройтись — посмотреть на лошадей. Мы с женой и две женщины из гостей присоединились к экскурсии.

По дороге Джефф рассказывал о своём увлечении. В юности он учился не очень хорошо. В наказание строгий отец отобрал все книги, кроме учебников. Но Джефф бегал в библиотеку, читал всё о лошадях. Окончив школу, пошёл по контракту в армию. На службе старался попасть туда, где были лошади.

Мы шли через пустырь за Джеффом. По пути я сорвал веточку с куста полыни, растёр её на ладони — душистый запах прерии! В стороне виднелся остов старого грузовика времён Великой депрессии. Было затишье. Я вдруг представил, что при сильном ветре этот рыжий от ржавчины остов должен петь. Петь голосом старого века! Будь я ребёнком, прыгнул бы в недра этой махины. Крутил бы руль, нажимал педали, искал бы клаксон — погудеть: интересно, какой у него звук?

Мы прошли мимо — в новый век. Век красивых, породистых лошадей. Пишу так высокопарно, поскольку в тот момент был немного возбуждён от смешения чувств. Живой Дикий Запад! Но такой близкий моему сердцу! На секунду я прикрыл глаза, втянул в лёгкие воздух — чувство, будто очутился в родной деревне.

Минут через пять показались загоны. Всё говорило о том, что лошадям здесь раздольно. Обильно унавоженная территория была окружена стальными нитями оголённых проводов, протянутых по периметру от столбика к столбику на сотню ярдов. Они сверкали на солнце и были под напряжением.

Отключив рубильником ток и приподняв провод, Джефф нагнулся и перешёл на сторону животных. С серьёзным вы-

ражением лица, широко расставив крепкие ноги, добрых полчаса он говорил о приёмах тренировки, отборе лошадей, их продаже на выставках. Вскоре пот выступил у него на лбу — он был старше меня, несколько грузен, да и давнее ранение сказывалось.

Красивая молодая кобылица тёмной масти привлекла моё внимание.

— Как зовут? — спросил я.

— Командир. Моя дочь дала имя, — ответил Джефф.

«По-русски будет Командирша», — подумал я.

В отдельном загоне стоял конь. Заметив мой интерес, он приблизился и, поводя ушами, выпрямил шею. Перебирая копытами землю, фыркнул широкими ноздрями и, тряхнув головой, неожиданно повернулся задом. Потом махнул хвостом над своим широким боком, открывая могучий пах производителя. Увидев это, Джефф с силой ударил коня в бок — в наказание, как объяснил он потом.

Когда мы вернулись за стол, стало смеркаться. Светлана, одна из гостей, снова подняла бокал за мир. Здесь я уже не выдержал и, раздражённо поправляя очки, извинился за аллаверды:

— За мир — это понятно, все хотят мира. Но давайте внесём ясность. За какой мир? Может быть, Россия выведет войска с территории Украины? Вот и будет мир!

К моему удивлению, с разных сторон послышались голоса: «А как же Донбасс?» «А нацисты?» «Там же бандеровцы!»

Жена начала высказываться в мою поддержку, но хозяйка, предвидя обострение дискуссии, твёрдо сказала:

— Мы договорились политику не обсуждать!

Я притих. Что было делать, всё-таки в гостях. Минут через десять мы переглянулись с женой и, сославшись на позднее время, вышли из-за стола. Понял ли Джефф суть конфликта, для меня осталось тайной: разговор был на русском. Но мы тепло пожали друг другу руки, договорившись о рыбалке в следующем году.

Хозяйка дома и Рита из Большой Лесины вышли нас проводить до машины, по дороге сказали:

— Мы думаем, как вы. Но, понимаете, у нас уговор: о политике ни слова. Ведь так хочется нормального общения, тепла… До встречи! А мы ещё посидим с девчонками.

Мы тронулись в путь. Жена с недоумением промолвила:

— Как такое может быть? Стоило им забираться в такую глушь, на другой конец Земли?

Я в ответ:

— Что удивительного? Глобализация... Всё переплетено, море нитей... Можно запутаться. А впрочем, какая разница? Чужая душа — потёмки.

Вскоре надвигающаяся темнота покрыла прерию. Встречных машин не было, и я включил дальний свет фар.

Всю оставшуюся дорогу мы молчали.

В ту ночь мне снилась грациозная белая лошадь. Лошадь ржала.

Наутро подморозило — бабье лето прошло.

Впервые я вдруг осознал, что, по сути, давно живу в эмиграции.

Пророческие сны Петровых

В то пасмурное утро осени тысяча девятьсот сорок третьего года Иван Петров спустился с подножки покрытого копотью вагона и с немногочисленной толпой прошёл через вокзальную площадь. Выйдя на улицу, поправил за спиной вещмешок и неровной походкой зашагал по глинистому тротуару старого города. Внешний облик Ивана не вызывал удивления: военная шинель, поношенные кирзовые сапоги, на голове — солдатская пилотка.

Впалые, давно небритые щёки поросли щетиной. «Наверно, отпустили на побывку», — так могли подумать редкие прохожие. Но страшно было заглянуть в лицо этого невысокого, рано поседевшего человека: из глубоко посаженных глаз смотрела смерть.

С главной улицы Петров свернул в переулок, тянувшийся вдоль оврага с деревянными домами по самому его краю. Туман стелился по задворкам, скапливаясь в низине. В этом тупике было совсем тихо и даже, казалось бы, мертво, если б не редкие звуки: то скрипнет ставня и из открытого окна послышится одинокий женский голос, то кошка прошуршит вдоль глухого забора и исчезнет в зарослях огромного лопуха у скособоченной подворотни.

Петров отворил калитку, вошёл во двор двухэтажного дома и, подойдя к крыльцу, увидел замок на одной из входных дверей. Он постоял в растерянности посреди двора, вытер ладонью лицо и, сняв с плеча ношу, сел под окном на истёртую лавку. Потом вынул из-за обшлага шинели кисет с махоркой и, неспешно свернув цигарку, закурил...

— Я пришла из школы. Смотрю, у дома сидит незнакомый мужчина, просится переночевать. Не знаю, пустить или нет, — вспоминала моя старенькая мама, когда я зашёл навестить её незадолго до очередного Дня Победы. — А он был... вот кости, обтянутые кожей, — как смерть рисуют. Гляжу на него — мне жалко. Думаю, пускай ночует. Буду караулить этого дядьку: откуда знать, кто такой? Мне тогда лет одиннадцать было... — мама пожала сухощавыми плечами, после паузы сказала: — Долго смотрела на него. Глаза — как у папы. Он не выдержал, говорит: «Ой, доченька, как ты меня быстро забыла».

Петров и дочь прошли в дом. Заглянула соседка, воскликнула:

— Батюшки! Иван?! Живой вернулся! На Гитлера-то похож!

— Не шибко-то кормили, — отшутился Иван, кашлянув в кулак.

Вскоре вернулась Марфа, жена Ивана. Всплеснула руками, обняла его, заплакала. Потом вытерла слёзы, засмеялась.

— Тосковала я... А на днях сон приснился. Сначала думала, что плохой сон-то, — призналась она. — Будто цыганка — лица не разобрала — мне наворожила: муж придёт с войны, но ты его не встретишь.

— Если б знал, за углом подождал бы, — снова пошутил Иван.

Чужому человеку могло показаться, что Петров постоянно подмигивает, но впечатление было обманчивым. Дело было во врождённом прищуре правого глаза.

Спустя некоторое время пришла из школы старшая дочь Галя.

— С местными харчами поправишься нескоро. Галя наша недавно продуктовые карточки потеряла. Слава богу, конец месяца... Думаю, тебе надобно ехать к Анне, моей сродной сестре, в деревне-то легче будет, — рассуждала Марфа. — А я с дочками потом подъеду. Вот только карточки получу да отоварюсь.

Галя чувствовала вину, переживала, что отец должен был уезжать.

Через два дня Петровы отправились на городской базар. Там можно было найти обозы из колхоза «Маяк коммунизма», или попросту «Маяк», где жила сестра Марфы. Вечером, после базара, колхозники возвращались обратно в колхоз. Петровы долго искали попутную подводу, в конце концов нашли одну у старых складов, с трудом уговорив возницу подвезти Ивана, мол, такому исхудавшему мужику трудно за день пройти сорок-то километров.

Возница, пожилая женщина с рябым лицом и чуть заметными усиками над верхней губой, великодушно согласилась. Иван бросил на телегу вещмешок и неловко завалился рядом со своим скарбом. Подвернув подол длинной, как у цыганки, юбки, возница села на передний край, громко цокнула языком, тряхнула вожжи. Фыркнув, лошадь покорно тронулась с места.

Из города выехали по Иркутскому тракту. Накрапывал мелкий дождь. Возница долго молчала, угрюмо глядя вперёд, неспешно подгоняла свою клячу. Иван сидел сбоку и немного позади женщины, бормоча что-то в полудрёме — мерная езда укачивала. Только когда миновали деревню Сурово, разговорились.

— Мука дома закончилась, а в колхозе не дают, мол, планы не выполнили, хотя день и ночь работаем. Ребятишек надо чем-то кормить... Пришлось продать кой-какие вещи. Купила вот муки, — женщина кивнула в сторону небольшого мешка. — Почти всех колхозных лошадей увезли на фронт. Эту клячу еле выпросила... А ты как? Был ранен? — поинтересовалась она, поглядев на Ивана.

— Рана — так, пустяки, — немного задело... — проговорил Иван и потемнел лицом. — Мы в окружение попали. Сначала радовались, что выжили, а когда стали умирать от голода, завидовали тем, кто раньше под пули попал. Не было сил копать могилы. Спали рядом с трупами... Не хочется и вспоминать, — он отвернул голову, на щеке от дождя поблёскивала влага.

Шлёпая по лужам и тяжело подскакивая на рытвинах разбитой дороги, телега свернула с тракта. Проехали ещё километров семь. У развилки остановились.

— Ну, бог вам в помощь, — сказал Иван на прощание и, вскинув на плечо вещмешок, дальше зашагал пешком по знакомому большаку.

Дорога шла по равнине меж убранных полей и начинающих желтеть перелесков. Заметно смеркалось. Вдалеке горел костёр. Иван мысленно вернулся в эти края, где жил в юности, косил с братьями и сёстрами траву, ходил с ребятами в ночное пасти скот... Потом женился, родились дети. Чтобы дать им образование, переехали в город. Успели до коллективизации... Перебирая в памяти те годы, Иван подумал о том, что в первый раз увидел Анну лет десять назад, точнее сказать не мог. Было это на покосе. Он уже женился на Марфе, а Аня была ещё совсем молоденькой, хотя на вид значительно старше своих пятнадцати лет. В ряду с другими женщинами шла по полю первая, шевеля граблями скошенную траву...

Наконец за поворотом показалась деревня. Дом Анны стоял на краю, у берёзового перелеска, двумя окнами смотрел на убранное поле. Толкнув плечом незапертую дверь, Иван вошёл в избу. Громко откашлявшись у порога, коротким взглядом окинул помещение, тускло освещённое лампочкой без абажура: некрашеный, до желтизны выскобленный пол, у окна — лавка и небольшой крепко сколоченный стол...

Из соседней комнаты, отделённой от кухни русской печью, на шум выскочила молодая женщина. В полутьме передней она не сразу узнала приезжего — его выдал знакомый прищур глаза. Анна отпрянула, не поверив: так он изменился.

— Ну, проходи, коль пришёл, гостем будешь! — пригласила она на свой лад, быстро приобняв загорелыми жилистыми руками.

Следом из-за печки выбежал светловолосый мальчик лет шести и, топнув ножкой, стал поодаль.

— Вот мой Лёня. Подойди-ка сюда, не бойся, это дядя Ваня, — позвала Анна и погладила сына по голове.

...Наутро, уходя на работу, она наказала Ивану истопить баню да принести воды из ручья, что течёт за огородом.

В тот день Анна вернулась домой раньше обычного. Вынесла Ивану чистую, оставшуюся от мужа одежду, которую заботливо хранила все эти годы в сундуке.

В предбаннике Иван разделся донага. Осмотрел себя: руки, ноги целы, только на левом плече свежий шрам — осколком задело. «Поживём ишо, повоюем», — подумал он.

Дверь резко распахнулась. Вошла Анна в одной ночной сорочке.

— Ну, герой, ложись на лавку, хвостик под лавку. Вмиг на ноги поставлю — мужиком настоящим будешь, — сказала она, чуть подтолкнув Ивана вперёд, и плотно прикрыла за собой дверь.

— Скажешь… Рази я не мужик? — хмыкнул Иван и, вытянув голое тело, послушно распластался на деревянном полке́ животом вниз.

Анна зачерпнула ковшом кипяток, плеснула на каменку. Густой пар заполнил пространство бани, заклубился под низким потолком. Затем достала из таза размоченный берёзовый веник, потрясла им над телом Ивана и принялась похлёстывать его по закоркам, ягодицам, худым ляжкам, задубелым пяткам…

— Потише маши, не умори солдата, — вскоре взмолился он, тяжело дыша.

— Ну, ложись теперь на спину, что ль, — промолвила она миролюбиво и снова бросила на каменку немного воды.

Иван с трудом перевернулся, прикрывая руками пах. В клубах пара увидел обтянутую мокрой сорочкой нависающую над ним молодую грудь и, закрыв глаза, полностью доверился женщине… Она продолжала усердно па́рить его по всему телу — от щиколоток до плеч, заботливо обходя рану на руке.

— На первый раз хватит, — сказала Анна и, окатив Ивана холодной водой из ведра, широко распахнула дверь.

Иван отдышался и неспешно перебрался в предбанник. В висках сильно стучало. Ещё бы — больше года не парился! Он смачно высморкался в обветшалую тряпку. В избу вернулся в кальсонах и длинной, почти до колен, холщовой рубахе. Анна подала ему кружку кваса. Он выпил разом и, утерев рукавом всё ещё небритое лицо, лукаво произнёс, держась за косяк:

— Хороший квас. Как ты его делаешь?

— А вот как поживёшь у меня день, другой, третий — научу.

— Что-то меня разморило. Постели мне за печкой, — сказал Иван.

«Словно заново родился. А ведь совсем недавно терзал ногтями свою плоть», — подумал он, ложась на топчан, и скоро провалился в сон.

Снились ему новые бедствия. Громадные машины без людей как птицы взлетали в небо, а люди спасались бегством от их огня. Оставшиеся в живых выскакивали из домов, разбрасывая вокруг зерно. Со всех сторон струилась кровь, тогда как сам он правил лошадью. Огромные дыры тут и там образовывались в земле. Ему что-то кричали, но он не понимал чужого языка и, стегая лошадь, продолжал ехать на свою погибель...

Иван вскрикнул и проснулся.

— Вань, что с тобой? — тихо спросила Анна, подойдя к его лежанке.

— Сон видел, будто землю пахал, да, кажись, под плуг попал, — ответил Иван, приподнимаясь на локте с овчины. И вдруг, словно впитав силу звериного меха, властно притянул к себе Анну. В следующее мгновение его правая рука проникла во влажный пах женщины. Она обхватила его стан, тяжело задышала, от неё запахло луком — таким естественным и целебным в этой избе. Их тела слились. Слова вскипали, превращаясь в короткие всхлипы, пока оба не смолкли в оцепенении. На минуту Иван очнулся от забытья, почувствовал, как Анна тихонько поглаживает пальцем шрам на его плече. «Неужели и это был сон?» — подумал он и мысленно перекрестился. Потом снова уснул, на этот раз без сновидений. По избе разнёсся его громкий храп.

Вскоре вся деревня знала, что у Анны квартирует отощавший на войне Иван. Каждый приносил что мог: куриное яйцо, шматок свиного сала, половину жареного зайца, крынку молока с пирожком, кто-то картофельными лепёшками угощал.

Первое время Иван вставал с лежанки только поесть да выйти на двор. Ел сосредоточенно, не спеша. И постепенно оживал. Окрепнув, начал выходить из дома. Взял как-то молоток, гвозди, поправил покосившийся забор. Через неделю стал замечать маленького Лёньку, который первое время дичился гостя — выглядывал с печи или забивался в дальний угол избы, обхватив руками колени. Мальчонка вскоре осмелел и как-то раз спросил Ивана: «А ты будешь моим папой?»

Анна возвращалась с колхозных работ только под вечер. Иван, выбритый и свежий, встречал её у порога, рассказывал, как они с Лёнькой нарезали за околицей ивовых веток и, сделав из них корчагу, бросили в речную заводь невдалеке от деревни. Назавтра пойдут проверять, большой ли улов.

Анна слушала, устало улыбаясь.

— Планы в колхозе высокие, — жаловалась она. — Бывает, надоишь, сольёшь молоко в бидоны, да всё в город на завод увозят. Себе почти не остаётся. Летом умаялась совсем на работах да по жаре. В поле собирала рожь в снопы следом за машиной, опосля горбатились на картошке. Чижалó было. Бились из последних сил… С полей возвращались затемно — не было времени ходить за грибами да ягодами. Слава богу, дали муки немного да дрова вот на зиму привезли… — Немного помолчав, она усмехнулась: — Давно ты у нас не был, как в город-то свой уехал… Михаил мой часто шумел, был не шибко ласковый, но зато работящий. Как началась финская война, ходил угрюмый, будто знал, что заберут и не вернётся. Может, замёрз, кто знает…

Они помолчали. Анна больше не поминала погибшего мужа, и от этого Ивану стало легко и просто. Он спросил:

— Про Кольку что слышно?

— Без вести пропал. Ну и поделом ему! Как-то зимой напился, выгнал жену с грудным ребёнком на улицу. Они прятались в свинарнике, заболели и умерли потом…

— А Стасик?

— На фронт отправили, в Войско Польское. Враг он... В сорок первом переживал: если у немцев не хватит сил дойти до Урала, то не вернётся на родину...

— Какой же он враг? Помню, ходил в лаптях да подпоясанный верёвкой.

— Ясно, что не кулак. Что ить говорить, мужиков в деревне почти не осталось. Один хромоногий Готька да полоумный Илья.

На дворе стояло бабье лето. Ветер из растворённой форточки ласково трепал занавеску на окне, напоминая, что тёплые дни скоро кончатся. Устремив взгляд на полосу света, которая, расширяясь, переходила в поле, Иван наблюдал, как гаснет последний луч. Ему уже расхотелось вспоминать о том, что было, думать о войне.

Потом пошёл снег. Крупные хлопья падали и сразу таяли на сырой земле. А Марфа с дочерями всё не приезжали...

Война тем временем продолжалась. Шли бои за Донбасс, за освобождение Крыма.

Ивану порою казалось, что он больше не увидит русской деревни...

— Спустя несколько месяцев после того, как папу снова забрали на войну, от него пришло письмо из Риги, — продолжала мама рассказ. — Писал, что быть стрелком — не то что служить в стройбате. Был легко ранен, но в госпитале хорошо кормили, ухаживали. Ещё писал, что скоро пойдёт добивать фашистов. В конверт была вложена карточка: на ней он был плотный такой, видно, кормили хорошо... Ну, а с войны-то пришёл в офицерских сапогах, новой гимнастёрке, привёз нам разные подарки трофейные, маме — красивое платье. Рассказывал, был у него немецкий ковёр, да в дороге пришлось продать, чтобы купить еду. Дорога-то дальняя, через всю страну. После войны жил в деревне, занимался охотой: бил лис, белок... Анна родила от него трёх детей. Мама моя иногда плакала — обидно было. Но мы, её дочери, обиды на папу не держали...

Я аккуратно записывал мамины повествования, вспоминая деревню, куда приезжал в детстве на летние каникулы и где одуревал от тоски. Помню, в том доме у бабы Ани меня страшно раздражали мухи, и я с остервенением давил их газетой на оконном стекле. Иногда по вечерам украдкой пробовал курить за огородом... Дед Иван про войну не говорил, на мои расспросы лишь коротко отвечал: «Эх, внучок, внучок...» Изредка мы вместе ходили за грибами. Дед разрезал каждый гриб, внимательно рассматривал срез и, если находил червоточинку, то тщательно вычищал острым ножом, говоря: «А эти грибки отправлю Марфе в город. Она любит, чтобы чистые были да крепенькие...»

— А что с Лёнькой стало? — спросил я у мамы, вспомнив, что к тому времени Лёньки уже не было в деревне.

— Выучился на инженера. Работал на закрытом «пятом почтовом». Однажды на атомном реакторе произошла авария, и он вскоре умер от облучения... Ладно, устала я. Сходи-ка, сынок, проверь почту, — попросила мама.

Отложив блокнот с ручкой, я вышел на лестничную площадку, спустился на два этажа. В почтовом ящике нашёл квитанцию на оплату коммунальных услуг и конверт без адреса.

— Может, поздравление ко Дню Победы? — мама показала на безымянное послание.

Я вскрыл конверт. В нём было письмо от Героя России с призывом вступать в ряды ЧВК «Русь» для участия в СВО.

— Видно, по ошибке положили, — предположила она. — Мне уж девяносто, пожила на свете. Пусть другие воюют.

Потом, на минуту задумавшись, прошептала:

— Ты смотри, не запишись к ним!

— Ну что ты, мам! Пора кончать эту карусель, повоевали, можно и пожить, — сказал я с оттенком горького, ещё не до конца исследованного нами пацифизма.

Прогулка в квадрате Z

Если вам приходилось путешествовать в полупустой пригородной маршрутке, то вы легко можете вообразить описанную далее картину. Зима. Молодой человек в чёрном драповом пальто едет в холодном автобусе № 18 в институт морфогенеза на «Спутник». Он занял место возле окна, на обтянутом потёртым дерматином сиденье. В руках держит пузатую литровую банку. Плотно закрытая полиэтиленовой крышкой стеклянная ёмкость наполнена жидкостью с абортальной тканью. Автобус покачивается на неровной дороге, и белые волокна ткани вращаются, образуя спиральную структуру.

На другом сиденье ссутулился лысоватый мужчина в очках. Этот занят чтением трёхмерной матрицы текста: «Для оценки самоподобной размерности морфофункциональных блоков может быть использован фрактальный анализ... Если размеры блоков кратны числам последовательности Фибоначчи: 1, 1, 2, 3, 5, то...» Размышляя над смыслом прочитанного и пытаясь уловить связь с тем, что происходит вокруг, он, сжав ладонь, приложил нижнюю сторону тёплого кулака к заиндевелому окну. На стекле образовалась замысловатая проталинка. Рядом с отпечатком несколько раз коснулся подушечкой большого пальца, получилось нечто похожее на след детской ступни.

Автобус продолжает двигаться вдоль леса. Параллельно дороге, под яркими фонарями проложена лыжня, по ней скользят силуэты одиноких любителей лыжных прогулок. Я и сам был бы не прочь прокатиться по этой волшебной трассе. Как вы, наверное, догадались, один из пассажиров подобен мне.

Кондуктор, женщина в пуховом платке, задумчиво смотрит на мелькающие за окном вершины сосен. На груди — кожаная сумка с рулоном билетов, а за спиной — крылья. Видимо, перекрёстный свет создал такие причудливые тени.

Под шум колёс веки смыкаются, и на плечах у водителя я вижу голову-куб. Из куба, как из прожектора, льётся свет, выхватывая на ходу стволы деревьев. Они отбрасывают на бирюзовый снег непрерывный штрих-код. Это создаёт иллюзию движения. На самом же деле все изменения в этом веке уже закончились. Остались только другие формы состояния.

Вспоминаю, как летом шёл по тайге.

В одиннадцатом часу вечера, после тяжёлого перехода через заросший карликовой берёзкой торфяник я наконец решил немного отдохнуть и свериться с картой. В этом месте экспедиционная тропа шла вдоль подножия холма, на горизонте высился кряж. Ковёр ягеля серебрился в холодных лучах полной луны. Я приблизился к курумнику,
достал

карту
местности
и, чтобы перевя-
зать растрепавшиеся
онучи, утомлённо поста-
вил ногу на выступ большого
валуна. Другие камни вокруг были
около трёх-пяти сантиметров в диа-
метре. Не успев наклониться, увидел его
боковым зрением слева. Метеор летел сквозь
тёмное пространство ночи. «Вот сейчас догорит
и исчезнет», — мелькнула мысль. Но чем сильнее он
приближался, тем ярче горел и тем медленнее падал.
Я был очарован, поэтому не успел загадать желание, как
делал раньше, в юности. Спустя секунду он бесшумно при-
землился на россыпь камней, словно это был не метеорит,
а первая ступень ракеты.

Подняв оплавленное горячее тело размером с перепе-
линое яйцо, я минуту разглядывал фиолетовые прожилки
на слегка бугристой поверхности с вкраплениями каких-то
частиц. От него шёл сильный жар, но ладонь не чувствовала
боли. Помедлив, положил его на землю. Ожога на руке не
было. Я закрыл глаза, а когда снова посмотрел на эту россыпь, то понял, что уже не смогу отличить пришельца от
остальных, таких же тёмно-серых камней.

Способность мыслить наконец вернулась, я забеспокоил-
ся: «Меня могут дисквалифицировать, мне могут запретить
работать в квадрате Z». Образец не был взят. Совершенно
очевидно, что я не готов к своей миссии.

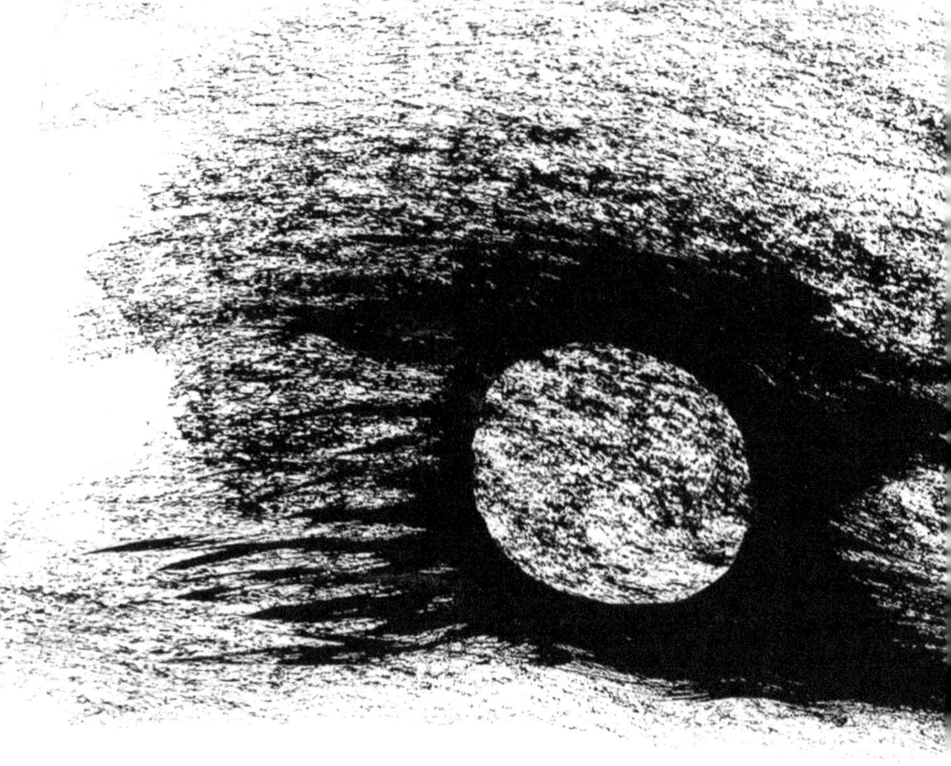

Подтянув лямки рюкзака, продолжил путь на запад. Над болотом с замшелыми и покосившимися елями поднималась огромная луна, и звёзды, одна за другой, зажигались на небосклоне.

Так я шёл, наслаждаясь красотою местности, но вскоре осознал, что мне уже давно не встречаются затёсы, что я иду по звериной тропе. Деревья плотно склонились, приходилось ступать на ощупь. Я достал фонарик, который всегда ношу в маршрутах с тех пор, как однажды ночью спускался вдоль водопада и освещал путь свечой.

Вдруг в ближайшем ельнике раздался треск сломанной ветки. Луч фонарика выхватил два красных уголька. Меж тонких елей стоял олень.

Затаив дыхание, я вернулся на тропу, которая через сто метров привела меня к небольшому озеру — видно, звери по ней ходили к водопою. Лес расступился, но, хотя луна здесь светила ярко, благоразумнее было начать поиски пути утром.

Я поставил палатку и развёл огонь. Сухие сосновые ветви горели жарко. Ветра не было, искры пунктирными змей-

ками взмыва-
ли навстречу звёздам
Летнего треугольника. Названия рассыпанных на огромном небе
созвездий вспоминались сами собой.
Костёр неумолимо догорал, и всё же идти
в палатку не хотелось. Расстелив спальник
рядом с тлеющими углями, я нырнул в него и торопливо уснул. Сквозь сон доносились какие-то шорохи,
вздохи и чавканье, но я был не в состоянии открыть
глаза и проспал до рассвета.

Наутро решил осмотреть окрестности. Озеро было
овальной формы, с земляным валом по краю. К лесу спускались сиреневые заросли иван-чая, какие бывают только после
пожара. И правда, кора деревьев обгорела, а некоторые лист-
венницы были повалены в направлении от водоёма. На секунду я представил себе грохот падающих стволов. Несмотря

на обилие кровососущих, быстро сбросил одежду и вошёл в воду. Внезапно из-за коряги выплыл чёрный лебедь с грациозно изогнутой шеей, разогнался несколькими взмахами и с трубным криком взлетел над низкорослым лесом. Я покачал головой. Сердце билось ровно, как будто это был обычный случай. Мелкими шажками я пошёл дальше, руками раздвигая воду, которая уже подступила к подбородку. Вскоре ступнями ощутил, что дно круто обрывается. От обилия гуминовых кислот вода напоминала крепко заваренный чай. Пришлось согласиться, что без специального оборудования, взятия проб грунта и придонных сапропелей ответить на вопрос о карстовом или же ином происхождении водоёма не удастся.

С лёгкостью я взобрался на высокую старую сосну. Во все стороны на десятки километров раскинулась девственная тайга. На западе возвышалась гора. Перед ней в долине должна быть река...

Вдруг по соседней ветке прошмыгнула белочка, мимолётно коснувшись моего затылка рыжим хвостом. От неожиданности я потерял равновесие, но чудом удержался. Белка зацокала где-то в кроне, выражая раздражение от непрошенного визита. Пожелав ей счастья, осторожно слез и лишь коснулся земли, как обнаружил на соседнем дереве старый затёс — впереди по сухому бугру пролегала эвенкийская тропа. Я вздохнул с облегчением, собрал вещи в рюкзак и почти бегом пошёл по тропе, оставив на стоянке только пепел костра.

Через несколько часов я вышел к реке, о красоте которой сложено много хвалебных песен. Рядом виднелась переправа вброд по перекатам. От берега навстречу шли четверо крепких мужчин в мокрых штормовках и несли паланкин, сделанный из тонких стволов молодых сосен. На носилках сидела Ганна. Длинные пальцы девушки сжимали мундштук, и, когда она подносила руку с дымящейся сигаретой к тонким полуоткрытым губам, рукав ветровки приспускался, обнажая предплечье с татуировкой — то был знакомый мне фрактал Мальденброта.

Я сменил одного из носильщиков. Носилки были шире тропы, и наши ноги ступали по кустам. Время от времени один из нас проваливался по колено в торфяник, и тогда остальным приходилось приседать, чтобы сохранить рукотворный паланкин в горизонтальном положении. Моросил дождь. Полтора километра до базы мы прошли за три часа, то и дело останавливаясь для смены и передышек.

Вертолёт вызвали по рации. К вечеру он повис над болотом, разгоняя тучи обложного дождя. Скрывая волнение, Ганна улыбнулась — полёт пройдёт над бездной Большой котловины. Придерживая руками полы пурпурной шляпы, девушка исчезла в люке железной птицы. Я передал второму пилоту мешок с образцами и стал поодаль. Ветки багульника с белыми цветками бешено качались на ветру. Вертолёт приподнялся, и мощный поток ветра опрокинул моё тело навзничь, будто оно было вырезано из бумаги. Я упал в объятия сфагнового мха. Облака продолжали плыть, как в немом кино.

Так я долго лежал, пока не заметил обыкновенного богомола. Он смешно и быстро крутил треугольной головой, наклоняя её то в одну, то в другую сторону, — должно быть, проверял, смотрю ли я на него. Я перевернулся и неожиданно для себя стал повторять: «Богомол, я тебя люблю, а ты, зелёная гора, прекрасна!»

Природа замерла под моё бормотание. Мгла рассеялась, и вершины сосен засияли в золотых лучах заходящего солнца...

Я очнулся, когда кондуктор произнесла: «Остановка „Спутник". Конечная».

Клуб «Черёмушки»

Был исход сентября. Всю неделю шли холодные моросящие дожди, и вот накануне подморозило. Дороги блестели от гололедицы, грозящей опасностью: в такие дни в нашем сибирском городе бывало до сорока аварий, случались и трагедии. В народе это время полунасмешливо-полусерьёзно называют днём жестянщика, но Алине этот жаргонизм из лексикона водителей с недавних пор казался кощунством.

Автовладельцы ринулись менять шины на зимние.

Ранним утром Алина подъехала на своей старенькой «ладе» к постройке гаражного типа. Вывеска на заборе лаконично гласила: «Шиномонтаж». Впервые за долгое время девушка улыбнулась, поневоле вспомнив, что в детстве любила читать надписи на фасадах задом наперёд.

Работы было на полчаса, и Алина решила прогуляться, осмотреть окрестности. В этой части города, почти на самой окраине, она оказалась впервые. Тротуарную плитку тут и не думали класть. Лужи в напрочь разбитом асфальте были затянуты льдом, в который вмёрзли ворохи ржавых листьев.

Алина шла, каблучками сапожек ломая тонкий ледок, и размышляла: «Ах, если бы Юрик вовремя поставил шипованную резину, может, и не случилось бы аварии год назад».

В то роковое утро они ехали из родного посёлка в город. Юрик был за рулём. За окном редела туманная муть, и ничто не намекало на вечную разлуку.

«Ой, что это?!» — лишь успела в ужасе выкрикнуть Алина, когда на небольшом повороте машина внезапно пошла юзом

и на полной скорости врезалась в бампер встречного грузовика. Удар оказался такой силы, что Юрик, пробив лобовое стекло, вылетел из кабины...

На секунду всё затихло. На обочине дымились две машины. Позади них надменно поднимался заиндевелый нездешний лес, неторопливо падали снежинки...

Подъехали пожарная, бригада МЧС, скорая. Спасатели, матерясь, с трудом извлекли девушку в бессознательном состоянии и с переломанными ногами из покорёженного автомобиля. Она, в отличие от бесшабашного водителя, была пристёгнута ремнями, и смерть её миновала.

Алина очнулась в местной больнице. Потеряла много крови и выжила чудом: быстро нашлись подходящие доноры. Обездвиженной, ей сделали операцию остеосинтеза — поставили титановые пластины на берцовые кости.

О спортивной карьере она уже и не помышляла, а ведь они с Юриком были лучшими в районной команде по биатлону! Её накрыла депрессия.

Дальнейшая жизнь в посёлке стала казаться Алине лишённой всякого смысла, и через полгода после той ужасной аварии она решила переехать в областной центр — поступать в университет, на агрономическое отделение. Мать со слезами и неумело скрываемой радостью проводила дочь: её сердце переполняли благородная гордость и надежда, что Алина сможет получить высшее образование, выйти в люди...

К тому времени минуло два года, как похоронили отца Алины. Обстоятельства его смерти не были оригинальными для российской глубинки: рыбалка, водка, упал за борт, запутался в снастях, утонул...

Алина любила отца, была к нему привязана всей душой. Он научил её кататься на лыжах, плавать, водить машину, стрелять из охотничьего ружья... Рассказывал, что в юности видел пролёт Чулымского метеорита с огненным хвостом, взрыв болида в воздухе, а весной отправился в тайгу на поиски его осколков... Большой любитель мастерить всякие полезные вещи, он строил иногда скворечники... И по весне они вместе радовались заселению пернатых! Когда-то отец преподавал в средней школе уроки труда для мальчиков, но потом уволился, основав в посёлке столярную мастерскую, приносившую в семью немалый по местным меркам доход. Всё было бы хорошо, но вскоре мать узнала про его измену. Семейные ссоры следовали одна за другой, и отец начал всё чаще прикладываться к бутылке, а на выходные уезжал один на охоту или рыбалку...

В глубокой задумчивости Алина шла вдоль курьи, прозванной Черёмушкиной запрудой, и у трамвайного кольца ступила на деревянный мостик, с него ловко прыгнула на песчаную дорожку, которая вывела на невысокий пригорок. Отсюда открывался чудный вид на долину широкой реки с портальными кранами и разгружаемыми баржами — до закрытия навигации оставались дни.

Алина напряжённо смотрела в низину, где в солнечных лучах вольготно и весело всё ещё искрился стрежень реки, и вдруг осознала: в двухстах километрах на север, ниже по течению от этой излучины, лежит её родной посёлок, откуда, возможно, и приплыли эти баржи с лесом...

«Тишина-то какая!» — подумала она с восхищением и, постояв с минуту у большого гладкого валуна, пошла назад уторопленным шагом. Подул западный ветерок, донося со стороны запруды гнилой запах болота. На противоположном берегу этого глухого, вытянутого полумесяцем озерца сверкал купол колокольни. От церкви вниз по пологому косогору были разбросаны деревянные домики частного сектора.

Когда Алина подошла к автомастерской, на парковке уже красовалась её «лада» с зимними шинами. Девушка расплатилась и, садясь за руль, обратила внимание на стоящий поодаль новоявленный трёхэтажный особнячок из рыжего кирпича, с пилястрами. Какой-то парень в элегантном пальто нажал кнопку звонка у входа. Ему мигом открыли — как будто ждали, и он исчез за железной дверью.

Алине стало любопытно. Не трогаясь со стоянки, она внесла в поисковую строку айфона адрес: проспект Мира, 232. Поисковик выдал: шиномонтаж, а ниже, под тем же адресом, — мужской клуб «Черёмушки», круглосуточно: кальян, стриптиз, эротический массаж.

«Вот тебе и жатномониш», — усмехнулась Алина в зеркало заднего вида и завела машину. Вывернув на проспект, проверила торможение на скользкой дороге: всё в норме.

Алина училась на первом курсе университета. Стипендия была мизерной, и девушка устроилась флористом в цветочный магазин, где делала букеты и причудливые икебаны. Поначалу работа представлялась интересной. Однажды заглянул странный покупатель в тёмных очках и заказал букет со значением: «Престарелый тигр кладёт лапу на грудь молодой лани». Алине хватило воображения сделать композицию из нежных и более строгих и горделивых, на её взгляд, цветов. Другой влюблённый купил двадцать пять красных роз и попросил подрезать им головы. Ему хотелось произвести эффект: в тот самый момент, когда подруга развернёт букет, все бутоны должны пасть, а один — уцелеть! Но Алина не стала этого делать: рука не поднялась расчленять цветы.

«Как это мелко! Пошёл к чёрту!» — мысленно выдворила она покупателя.

После оплаты жилья от получки оставалось с гулькин нос. Раз в месяц она ездила в родной посёлок — навещала маму. С парнями знакомств не заводила, но по вечерам чувствовала невыносимое томление, осязательный голод.

Спустя неделю позвонила в клуб «Черёмушки» и договорилась о собеседовании.

В тот день выпал первый пушистый снег. Алина подошла к знакомому особняку на северной окраине города. У забора стояла слегка припорошённая серебристым налётом чёрная иномарка.

С трудом потянув на себя железную дверь, девушка очутилась в полутёмном коридоре, где в шахматном порядке располагались входы в комнаты. В самом конце зияло зеркало. Холодный фиолетовый свет лился из скрытых источников, суля сладострастные переживания новым клиентам.

«Прикольные стены», — отметила Алина.

Её пригласили в крайнее помещение. Там по периметру пустовали мягкие кожаные диваны, а в центре призрачно поблёскивал пилон.

Показать себя оказалось несложно. Алина — стройная блондинка с широким лицом, раскосыми зелёными глазами и вздёрнутым носиком — сделала грациозный реверанс, продемонстрировала гибкость у пилона, спокойно и уверенно ответила на вопросы. И её без лишних разговоров единодушно взяли в мастера́, предварительно проведя инструктаж и объяснив основные приёмы доведения клиента до оргазма.

Позже Алина познакомилась с другими благоволительницами клуба. Всем от восемнадцати до двадцати пяти лет. У каждой своё клубное имя: большеглазая Ева; томная Мила; узкобёдрая Изабель; быстрая, как вихрь, Катрин; обольстительная Василиса; прекрасная в трогательной наготе белотелая Снежана… Администраторшу между собой прозвали Королевой. «С клиентами в спор не вступайте! Убеждайте руками! А ваших рук им не миновать!» — учила она девушек.

В одном из помещений особняка размещалась кухня. Здесь можно было перекусить и заглянуть в айфон. Из окна, выходящего на задний двор, виднелась колокольня.

— Это храм Сергия Радонежского. Там даже частица его мощей хранится, — пояснила как-то Королева. Она занималась медитацией и йогой и в свободное время любила глубокомысленно поговорить о третьем глазе, ауре, чакрах, тонком теле, потоках энергии и вибрациях. — Но не тонкое тело и вибрации, а внимание, женская ласка нужны нашим и жрецам, и жеребцам... — грудным, прокуренным голосом хитровато добавляла она, устремляясь в коридор после звонка очередного клиента.

Королева наизусть помнила прейскурант. В нём всё имело свою цену: кальян, стриптиз, контрастное джакузи для водоискателей, эротический массаж без прикасания к мастеру, тантрический и тайский массажи; то же, но с двумя мастерами. В ассортименте чего только не было: «золотой дождь», «тычинки лотоса», «жемчужное ожерелье»... На каждый тип, место и способ контакта — своя тарифная сетка. Большинство мужчин не могли удержаться, чтобы не ответить взаимностью. И тогда пополнялась касса.

Сладкая истома с утра постепенно сменялась роем посетителей к вечеру. Одни — уверенные в себе, наглые и бритоголовые. Другие — нерешительные и застенчивые, с робкой улыбкой и потупленным взором. Было видно, что они ни разу не приставали к женщинам, их не трогали, не щупали. Таких приходилось учить, что распускать руки, вообще-то, можно — но в определённых пределах, дабы контролировать эмоции и... властвовать собой.

Трезвый ум и практичность помогали Алине общаться с клиентами разного характера, без жеманства поддерживать беседу. Но неухоженные и инфантильные нравились больше. В них она вкладывала всю себя, порою едва сдерживаясь: так хотелось обезумить их ласками. А они чувствовали особое к себе отношение и сохраняли некое постоянство. Она сияла, мило улыбаясь очаровательными ямочками на щеках, обезоруживая посетителей открытой наивностью, и словно растворялась в каждом, не подозревая, что эти счастливцы будут украдкой повторять её имя, видеть стыдные сны...

Хмурый долговязый паренёк с бледным лицом как-то признался, что откладывает деньги с очередной зарплаты, чтобы хоть раз в квартал сходить в клуб.

— Только в этом смысл существования! Тут как в сказке! А вы — волшебница!

Во время сеанса он преобразился; перекатывая кадык, с вожделением бормотал:

— У вас невероятное, бесконечное тело.

Скользя губами по нежной коже, покрывал её плечи и грудь пылкими поцелуями, поминутно глотая слюну.

А пожилой, старательно выбритый мужчина с родинкой на ножке у правой ноздри поведал, что рад развалу Союза и печалится о потерянном времечке для чувственных наслаждений.

— Эх, жаль тогдашней молодости! Жизнь пролетела зря! — приглаживая потную лысину, добавил он с унылым видом.

— Можете теперь наверстать. Да не рвите рубаху на груди! Что же вы?! — игриво воскликнула Алина и помогла клиенту раздеться.

Старикан оценил находчивость девушки и, недолго думая, прильнул к её груди. Погодя лёг на кровать и погрузился в блаженство от девичьих прикосновений.

— Душечка! Ты наделила меня энергией! Очень милая! — бодро прошамкал он на прощание.

А она не забывала спросить о чаевых.

В другой раз угловатый парень с жёстким выражением лица настойчиво требовал интимной близости.

— Ты с ума сошёл?! Лапы убери! Клоун! — возмутилась Алина и тотчас вызвала охрану...

Сидя на краю кровати, она долго дрожала в ознобе испуга.

Однажды молодой человек принялся ласкать мочки её ушей, и Алина нечаянно уснула. Почти не дыша, он умилённо рассматривал уставшее ангельское лицо во всех подробностях, наблюдая, как под сомкнутыми веками нервно перекатывались глазные яблоки, — и вдруг заметил, как с ресниц упала маленькая частичка туши прямо в серповидную ямочку на щеке.

«Как пыльца с цветка», — подумал юноша. Взгляд его блуждал по телу девушки, будто перед ним была богоподобная натурщица, позирующая для картины «Происхождение мира»...

С полчаса он сидел не шелохнувшись, безнадёжно пытаясь перенестись в чужой сон. Затем осторожно оделся и вышел в коридор. Попросил Королеву не будить и не наказывать Алину и доплатил за визит.

Один клиент, на вид лет пятидесяти, с усиками и лысой головой, гладил Алине ноги, и она неожиданно почувствовала металлический холод — внутри изящных голеней всё ещё были титановые пластины. Вдоль лодыжек пробежала острая боль, свело икры, в глазах появились слёзы.

«Какая хрупкая девушка», — рассудил посетитель, удивлённо шевельнув тяжёлыми бровями, но, приглядевшись, приметил аккуратные шрамы на её ногах. Догадавшись, в чём дело, порекомендовал не затягивать с удалением конструкций и дал денег на операцию. Он оказался доктором.

Алина последовала совету: легла в больницу, заранее отпросившись с работы и учёбы. Титановые пластины хирург удалил, но один винт пришлось оставить: его головка свернулась при выкручивании.

После операции Алину поместили в общую палату, где ночью раздавались тихие стоны больных. На соседней койке лежала совсем молодая женщина, вся в гипсовых повязках на множественных переломах. Утром Алина выслушала её печальную историю. Оказалось, от девушки ушёл парень. Она не знала, как с этим горем жить дальше, и прыгнула с балкона четвёртого этажа...

Алина молча внимала, а сама думала: ни за что не стала бы по собственной воле калечить или убивать себя. И о том, что одна нелепая трагическая случайность оборвала жизнь любимого Юрика, а вот её продолжает вести: она снова в больнице, один винт в ней — похоже, теперь навсегда, — и нет сил выбраться из этого водоворота судьбы...

Она вспомнила Юрика, вспомнила тот вечер, когда они сблизились в неодолимом вихре страсти. Алина тогда зашла в столярную мастерскую, где до поздней ночи в тот суетный день в одиночестве работал Юрик. Одетый в майку и свободные шаровары, он, широко расставив ноги, ловко орудовал рубанком, из-под которого струились тонкие, пахнущие смолой сосновые завитки. Пол у верстака был покрыт слоем мягких стружек.

Юрик обернулся, отложил рубанок, робко к ней приблизился. Алина почувствовала лёгкое головокружение, когда его руки нежно обвили её тонкий стан. И внезапно мир сладостно и блаженно опрокинулся...

Алина безмолвно расплакалась у изножья несчастной соседки, сама не зная почему: от сочувствия к её горю или же к своему. Потом зажмурила мокрые от слёз глаза и, зарывшись в одеяло, лежала так, пластом, пока не принесли обед...

Через две недели ей сняли швы, и она отправилась домой.

Работа в клубе привлекала Алину. Здесь можно было общаться с мужчинами и получать от них комплименты и ласку, не расплачиваясь впоследствии унижением и собственной несвободой. Нередко признавалась себе, что нравится, когда смотрят на её голое тело… Почти всё в клубе было по протоколу, и это «почти» удерживало и манило неизвестностью. Но такое служение обузданной чувственности отнимало много сил и времени, и девушка перевелась в университете на заочное отделение.

В один из дней начала сентября её выбрал мужчина лет сорока пяти, приятной наружности и с невинной физиономией. Представился Русланом.

«На Баскова чем-то похож», — подумала Алина.

Они прошли в дальнюю комнату без окон. В углу была крохотная душевая, по центру — широкая кровать с затейливыми барочными завитушками на изголовье, а рядом — столик из толстого стекла. Приглушённый сиреневый свет освещал помещение, стены которого были оклеены лиловыми обоями с бутонами фантастических цветов.

«Знакомый узор. Как у тёти в Геленджике», — отметил Руслан.

Для знакомства выпили шампанского, звякнув бокалами, — «за здоровье».

— Кальян хотите покурить? — спросила Алина.

Руслан отрицательно помотал головой.

Развязав поясок, Алина непринуждённо сбросила воздушный халатик. Руслан качнулся вперёд и, косолапо обнимая девушку, повалил её на кровать, задев ногой столешницу. Один бокал грохнулся на пол и разбился.

— Не жалко. Обычное дело, — сказала Алина и засуетилась, собирая осколки.

— Не отвлекайся. Швабру потом принесёшь, хорошо? — проговорил Руслан с виноватой улыбкой.

Расслабляющий массаж Алина делала мастерски. С голыми ляжками села клиенту на ягодицы и под медитативную музыку лёгкими движениями принялась растирать по спине кокосовое масло. У Руслана усиленно забилось сердце.

Молчание длилось недолго. Сначала говорили о погоде, о машинах... Алина вскользь упомянула о родном посёлке, о том, что учится ради диплома и мечтает стать визажистом. А в будущем — путешествовать! Ведь она никогда не выезжала за пределы области...

Руслан слушал рассеянно, часто повторяя, что у неё всё впереди, всё получится... Иногда о чём-то спрашивал и тотчас забывал ответы. Затем неожиданно промолвил:

— Как хочется любви!

— Коитус нельзя... В губы целовать — тоже нет! — резко качнула головой Алина, и её волосы шёлковой лавиной упали на влажную спину Руслана.

— Ты не поняла, — с раздражением произнёс он, уткнувшись в подушку. — Хочется большой, настоящей любви! Чтобы мучиться от страсти! Изнывать от томления! И умиляться, умиляться!

— В народе говорят: если очистить душу, то и настоящая любовь придёт, — стала успокаивать клиента Алина.

Она попросила Руслана перевернуться на спину. Вскоре его мошонка и напряжённая плоть оказались в мягких ладонях девушки. Мужчина прерывисто задышал, застонал. Спустя три минуты сеанс закончился полным расслаблением — хеппи-эндом, как говорили в клубе.

Руслан безмятежно лежал плашмя с затуманенным взором, а на его накачанной груди вздымалось тату оскалившегося тигра.

Алина взяла салфетку и стёрла с ладони сперму. Затем, словно любовники, они встали под душ. Едва прикрыв веки, Руслан замер в потоке воды, созерцая совершенство и плавность девичьего тела...

Два часа пролетели как миг.

Руслан молча оделся, в последний раз окинул взором помещение и, чувствуя замечательную лёгкость во всём теле — почти полёт, — вслед за девушкой вышел в коридор. Ему казалось, что ковровая дорожка чуть покачивается у него под ногами. Из крайней комнаты на цыпочках выпорхнула Королева и, протягивая дисконтную карту клуба, спросила, всё ли

было хорошо. Рядом с этими сияющими женщинами Руслан казался несколько мрачным. Он разыскал в шкафу у выхода свою кепку-новокупку и любезно распрощался. Слегка приоткрыв дверь, боком выскользнул за порог. Пройдя несколько шагов по улице, напялил головной убор и превратился в Константина, или просто Костю.

Близился вечер. Пока Костя был в клубе, прошёл хороший дождь, наполнивший воздух влагой. Ветер шумел, качая мокрые вершины деревьев. Дождевая вода стремительно текла вдоль обочины и с бульканьем и пеной уносилась в канализационный сток. Редкие капли падали с крон высоких тополей, и от их падения вздрагивали придорожные травинки...

В ожидании трамвая Костя устроился под берёзкой.

«Сюда я больше не пойду! Всё это — мираж! Мимолётное сумеречное наваждение. Жалкая копия того, чего нет... Да в этой берёзе больше правды, чем во всём этом заведении», — отрешённо подумал он и положил ладонь на белёсый ствол с ложбинкой. Потом тихо проговорил:

— Так и хочется к телу прижать обнажённые груди берёз...

Подул ветерок, и влажные листья берёзки, затрепетав, коснулись лица Кости. Широко улыбнувшись, он посмотрел вокруг просветлённым взглядом заново родившегося человека.

Навстречу по тротуару, мелко ступая, шла бабушка, волоча тяжёлую сумку на колёсиках. Два юных паренька остановились на проспекте у перехода напротив школы. Один что-то выпалил с лукавой усмешкой, мотнув головой в сторону клуба. Другой оглянулся на товарища и захохотал.

— Молокососы, — произнёс Костя вполголоса, но так, чтобы его не услышали.

Ему стало не по себе, будто недавно он совершил что-то запретное.

«Весёлая девчоночка, хотя немного глуповата. И какого чёрта спрашивала про машины?! Простушка! — подумал он, жуя случайно сорванный берёзовый листок. — А могла бы стать и музой... в другой обстановке, да! Но бог с ней совсем! Пусть других забавляет!»

Громыхая, подошёл полупустой красный трамвай «пятёрочка». Костя стремительно прыгнул на подножку. Сунул кондуктору мелочь на билет и, пройдя вперёд по салону, будто невзначай сел возле девушки с ярко накрашенными полными губами. Из-под модной сумочки, выказывая неприступность, выглядывали её острые колени. Опустив длинные ресницы, она сосредоточенно водила по экрану айфона изящным пальчиком, листая ленту новостей и чему-то улыбаясь.

Тем временем улица за окном разворачивалась сама собой, то замедляясь на остановках, то, после ожидаемого рывка и глухого лязга, ускоряясь, как бы с намерением догнать послегрозовое облако, утопая в котором покойно млело закатное солнце.

Костя некоторое время думал, не заговорить ли с соседкой. Но досадовал, не зная, с чего начать. Хотелось спросить её имя: Роза, Изабелла, Маргарита? Словно не в трамвае они ехали, а были рядом на широком сиденье роскошного лимузина... Бросив нерешительный взгляд на её сжатые колени, он, стиснув зубы, выскочил на следующей остановке, у городского парка.

Расправив плечи и жадно вдыхая влажный воздух, не спеша пошёл по широкой аллее сквозь клубы пара, поднимающиеся над сырым асфальтом с редкими зеркалами луж. В лёгком ореоле тумана уже горели сапфировые пузыри уличных фонарей, освещая печальным светом геометрически строгие клумбы с бархатцами и декоративной капустой. Вдоль дороги пустовали мокрые скамейки. Вдалеке над купами деревьев смутным пунктиром маячило чёртово колесо... За сквером у перекрёстка Костя приметил цветочный киоск, и в голове невольно мелькнуло: «Сколько же лет не дарил я женщинам цветы?»

Уже поздним вечером он вернулся в свою маленькую квартирку на пятом этаже, забитую книгами и грудами бумаги. Сегодняшнее приключение записал в блокнот. А что удивительного? Любил вести дневник. Иногда сидел под уютным зелёным колпаком настольной лампы, перечитывал свои заметки, заново переживая минувшие события. Порой это наталкивало на новые мысли... Ныне же был особый случай: впервые он прикоснулся к женщине, которую не любил. А ведь совсем недавно его посещали мечты, что он может быть обласкан любезной сердцу женщиной.

Ему вспомнились дни глубокого разочарования, несбыточных надежд...

Когда-то он был женат. Жена считала его гением; между тем после трёх лет близости ушла к другому, так и не родив ребёнка. Костя же уверовал в свою исключительность, избранность и жестоко страдал, что до сих пор никому не передал свои гены... Воспитанный на русской литературе, он ненавидел неискренность и, подозревая притворство в каждой улыбке, избегал общества. А так иногда хотелось поговорить по душам!

На книжной полке впритык к Набокову стояли толстые тетради, из одной торчала мятая пожелтевшая бумажка — это была его «докатастрофная» спермограмма. Костя открыл дневник на месте закладки и, плюхнувшись на диван, погрузился в чтение записей двадцатилетней давности...

«А может, к чёрту любовь? Может, пора перейти к эротике высшего порядка? — думал он, вяло раздеваясь и ложась в постель. — Но — завтра, завтра...»

Утром Костя вышел на пробежку в соседний лесопарк, на южной окраине города. Тропинка, по которой он бежал лёгкой трусцой, петляла по чистому сосновому бору и была устлана хвойными иглами. Иногда она вырывалась на высокий берег, где внизу, под откосом, в лучах солнца дрожала широкая река, обнажая бесчисленные галечные перекаты.

«Как сильно обмелела река! Почему я раньше не замечал?!» — размышлял Костя, замедляя бег над крутым обрывом.

Дома он первым делом смыл удушливый пот, энергично растёрся мохнатым полотенцем и на секунду замер у туалетного зеркала: в уголках глаз были заметны тонкие морщинки.

«Ничего, мы ещё посмотрим! — мысленно подбодрил он себя. Потом подмигнул: — А тату надо бы свести».

Последние три года Костя трудился дистанционно — дома за компьютером — и совсем удалился от общества. Вот и сегодня в тягостной духоте города медленно и однообразно прошёл рабочий день, а ночью Косте приснилась полноводная река за лесопарком, в месте его регулярных пробежек. Вверх по течению реки плыл прогулочный белый теплоход, на палубе которого было людно. Под громкую музыку неторопливо и однообразно вальсировали пары.

«Это я сделал реку судоходной», — гордо подумал Костя, стоя у края отвесной кручи. Затем шагнул вперёд и, широко раскинув руки, сорвался вниз. Ужас падения сменился восторгом, когда он уверенно и торжествующе полетел над бездной в сторону теплохода. В одном из танцующих узнал себя.

«Куда мы плывём? — спросил он вальсирующую с ним даму. — Там мель! Работа ещё не закончена!» — «Пустяки! Капитану виднее», — спокойно ответила молодая особа, устремив на него восхищённый взгляд зеленоватых глаз. Она была в коротком прозрачном платье из чёрного шёлка на голое тело. Не успели они сделать несколько па, как раздался сильный скрежет. Палуба резко накренилась.

«Держись за мои волосы!» — воскликнула незнакомка.

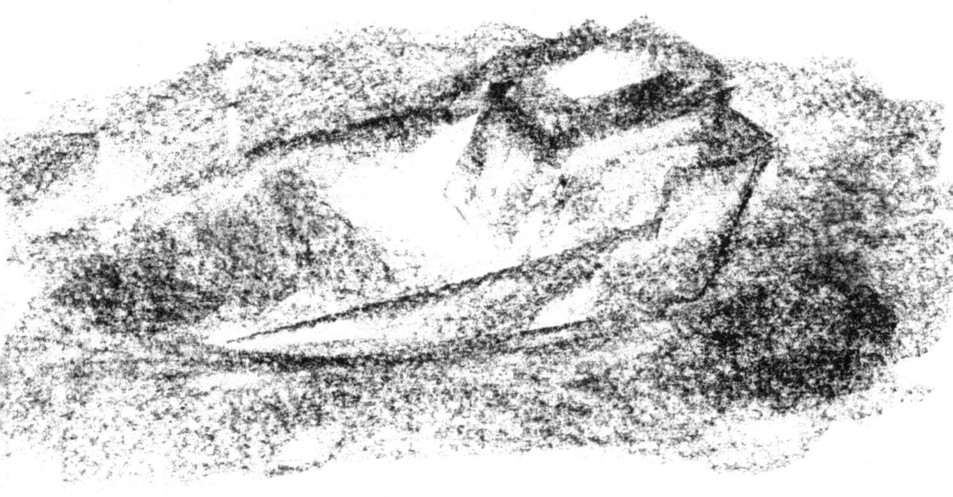

Костя обхватил девушку за тонкую талию левой рукой, а мягкие колечки её волос навернул на ладонь правой и с силой притянул к себе её напряжённый девичий стан. В следующее мгновение по его спине прошла волна возбуждения. Неистовым поцелуем он впился в её горячие губы и в пароксизме страсти овладел ею на спасательном круге, кем-то сорванном с борта в общей суматохе. Она протяжно застонала, и в этот миг у неё за плечами появились крылья. Вместе они взметнулись ввысь и тенью полетели над мутной водой, прочь от севшего на мель корабля. Оставшиеся пары, безумно извиваясь, барахтались на вздыбленной палубе — началась всеобщая оргия.

«Надеюсь, ей есть шестнадцать. Впрочем, уже всё равно. Наверняка это сон! Сказка, одним словом!» — истощив все силы, лихорадочно подумал Костя. В полёте его накрыла волна блаженства… Они начали удаляться от Земли. В разреженной атмосфере стало трудно дышать, и… он пробудился.

«Фу-ты ну-ты! Приснится же такое!» — пролепетал он спросонок, ощущая липкое пятно на смятой простыне. Минут пять лежал опустошённый, пытаясь припомнить лицо незнакомки. Оно было эклектичным, вернее сказать, то и дело менялось. Сначала в памяти возникли черты девушки, которую на днях он приметил в трамвае, потом оно стало похоже на лицо Алины, затем — бывшей и уже такой далёкой жены, от которой он отвык, но портрет которой до сих пор стоял у него на столе, напоминая о нервном надрыве и внутреннем раздвоении… Наконец в этой череде проступил лик родимой матери, как на фото из семейного альбома. Совсем юная, в белом халате, жмурясь от яркого солнца, стояла она на палубе теплохода рядом с пожарным щитом и спасательным кругом с надписью «Здоровье». Её светлые волосы развевались на ветру, обрамляя обворожительную улыбку на широком лице. Было в её облике что-то ангельское…

Костя вспомнил фамильное предание, что был зачат на борту плавучей поликлиники, где летом работала его будущая мама. А случилось это чуть ли не за полярным кругом, там, где по берегам рек растёт карликовая берёзка. Возможно ли представить?

В лёгком ознобе он сел на край кровати. Отряхнув свои грёзы, нехотя встал, на ходу хрустнул суставами и, подойдя к окну, долго смотрел сквозь запылённое, давно немытое стекло на сизо-голубое небо, в котором переплелись кроны старых тополей... Так и стоял неизвестно сколько времени, будто потеряв связь с миром, и нежданно-негаданно подумал о смерти, её неизбежности...

«Что за малодушие? Это уж слишком! Я уже не мальчик! Пора менять отношение к жизни — наполнять её смыслом, — наконец решил он. — Иначе, как говорят садоводы-мичуринцы, превращусь в семя. Не на баррикады же идти... Смешно!»

Костя вернулся к столу и решительно открыл ноутбук, чтобы составить текст объявления. Вмиг подобрал нужные слова: что тут думать, группа крови, как говорится, «на рукаве», да и личное чувство в этом деле играет второстепенную роль. В конце приписал: «Будем вместе строить державу здорового человека». После небольшого раздумья убрал эту строку: слишком уж пафосно, нарушает стиль.

Алина купила маленькую уютную студию в новом микрорайоне. Продолжая работать в клубе, она уже не могла вообразить себя без мужских прикосновений и всё же не представляла тесных отношений. Иногда по вечерам ею овладевали глубокая тоска бездействия, ощущение быстротечности жизни. В эти моменты мнилось, будто всю заложенную с рождения материнскую ласку она оставила в клубе. Не покидала мысль, что она больше никогда не сможет быть любимой... Но давать обещания и испытывать обязательства Алина не хотела. Вспоминала, как мучительно было слышать постоянную ругань родителей... Да ещё неизбежные сцены ревности — при её-то работе!

Она взяла из приюта чёрного кота. Ночью он ложился ей на грудь и в приступе неги выпускал коготки.

«Ты мой тигрёнок», — шептала она, засыпая. А котик потягивался и мурлыкал: «Мур-р-р... мур-р-р».

Казалось бы, жизнь наладилась: есть работа, собственное жильё. Но почему-то теперь Алина всё больше стала испытывать беспокойство за своё будущее.

Однажды под вечер, когда закат уже догорал в багряных тучах, она гуляла по улицам города и, сама не зная как, очутилась перед витриной цветочного магазина, где когда-то подрабатывала. Боясь встретиться со знакомой продавщицей и напороться на расспросы, с опаской рассматривала сквозь стекло павильон, наполненный позабытыми ею голландскими розами, разноцветными тюльпанами, удивительными лилиями, нежными каллами и гвоздиками. Какой-то молодой человек выбирал цветы. Следуя движению его руки, продавщица поднимала стебли, с которых капала вода...

В ту ночь Алине приснился причудливый сон, будто она забыла своё имя (в клубе её нарекли Розой). Прихрамывая, она шла по сырому тёмному туннелю, и ему не было конца. Стены были покрыты красно-коричневой плесенью. Слышался шум падающей воды. Раздался и с эхом затих стук каблуков; откуда-то донёсся детский смех... Стало трудно дышать. Казалось, никогда не будет солнца. Туннель внезапно превратился в длинный пустынный коридор. В проёме одной из боковых дверей возникла нагая фигура на полусогнутых. Мужчина потряхивал перед собой кистью руки, кончики пальцев которой были соединены в жесте «секундочку погоди!». Но стоило Алине приблизиться, как его пальцы превратились в страшные клещи. Алина отшатнулась и, превозмогая фантомную боль в голени, изо всех сил побежала дальше, боковым зрением приметив в неясной глубине открытой комнаты Королеву. Сидя в пустом пространстве своей светёлки, та курила длинный кальян и жеманно кривлялась...

Но вот наконец коридор, плавно изгибаясь, привёл в тупик — место, где в клубе раньше висело зеркало. У стены стояла девушка с беломраморным лицом, как у мадонны с картины эпохи Возрождения. Она была в лазурном одеянии и словно светилась изнутри.

— Это мужской клуб! Что тебе здесь нужно? — в смятении залепетала Алина.

— Я — будущая невеста твоего клиета, — невозмутимо промолвила незнакомка.

— Какого
клиента? У нас
их много! Они меня
знают, а мне их знать
не положено. Любого
выбирай! — как бы
защищаясь, но уже увереннее заговорила Алина. — Тебя
как зовут?

— Любовь. Любовь к людям... — успела сказать неизвестная и исчезла во всполохе света.

Алина, дрожа от волнения, продолжала отражаться в осколках разбитого зеркала...

Наутро у неё был сильный приступ менструальной боли, синие круги залегли под глазами... Она не пошла в клуб. Подобрав под себя ноги и накинув на плечи мамин плед, устроилась на софе с ноутбуком — посмотреть глупый сериал о потусторонней жизни. Под конец пошарила в инете объявления о знакомствах. Одно привлекло внимание:

Помогу зачать здоровых и красивых детей. Обо мне: 45 лет, рост 180 см, вес 80 кг, славянская внешность, глаза серо-голубые, блондин, группа крови II+, хорошая наследственность, без вредных привычек, без проблем со здоровьем, занимаюсь спортом. В роду — долгожители. Русское дворянское происхождение. Высшее образование, высокий уровень интеллекта, есть разнообразные таланты. Адекватный, спокойный, неконфликтный, добрый. Готов предоставить справку об отсутствии ЗППП и идеальную спермограмму. Константин.

Они договорились о встрече у деревянного кремля — острога, восстановленного на месте основания города.

«Принесёт ли он цветы на первое свидание?» — подумала Алина.

Она покинула клуб под самое утро. Начинался рассвет, и башенка кремля со смотровой площадкой уже была освещена первыми лучами солнца.

Смена была трудной. Посетители менялись, как призраки. Сначала один — холёный пузатый дядечка с маленькими глазками и огромными бровями на пухлявом лице, — развалившись в кожаном кресле, требовал лучшую. Хотя его взгляд и остановился на Алине, было видно, что он не доверял первому впечатлению. «А она мастер? Мастер?!» — срывающимся голосом исступлённо вопрошал он у Королевы в присутствии Алины.

— А вы молодец, крепенький! Алмаз! — молвила Алина, самоотверженно массируя дряблое тело посетителя.

— Такой восторг! Такое счастье! — бормотал он, а напоследок елейным голосом, почти нараспев, принялся проникновенно рассуждать о женской участи, духовности, России...

Алина спросила, не хочет ли он остаться ещё на часок. Так захотелось послушать красивые целомудренные слова, узнать ещё что-нибудь умное. Но мужчина отказался, между прочим намекнув, что лично знаком с губернатором...

Другой клиент пришёл со взъерошенными волосами, правое веко нервно подрагивало, глаза слезились... Он начал с исповеди: поссорился с женой и ночью решил где-то перекантоваться. Такие визитёры в клубе — не редкость, но этот был просто в состоянии паники. Исследовал комнату, не установлены ли где-нибудь видеокамеры, а во время массажа истерично крутился, боясь щекотки. Жаловался на то да сё, гнуся себе под нос. Бедняга успокоился только в самом конце, когда, издав тихий вздох облегчения, несколько минут лежал умиротворённо. Немного погодя натянул брюки, а голубые, как небо, трусы положил в карман. Распрямляясь, метнул на Алину холодный, высокомерный взор...

Было далеко за полночь, когда ушёл последний посетитель, разбежались юные благоволительницы клуба. Из крайней комнаты высунулась заспанная Королева, держа под мышкой глянцевый журнал с вложенным в него китайским веером. Поймав Алину на выходе, она поделилась новостью, что скоро увольняется, и предложила занять её место.

— У тебя, девочка моя, талант, репутация мастера, знаешь, как приласкать, наберёшь свой штат... А со временем превратишься в отличного администратора с хорошим окладом... Подумай, чем займёшься, когда отлюбишь! — бросила она на прощание и ушла, напевая под нос милую песню.

Предложение было соблазнительным.

«Ну вот я и в дамках!» — размышляла девушка, выходя из клуба. Но тут же содрогнулась от мысли: не таким она представляла своё будущее...

Алина шла, упоённо вдыхая ещё прохладный после ночи воздух с эфемерным запахом черёмухи. Со стороны запруды доносилось однообразное кваканье лягушек. Но какой-то непонятный нарастающий шум всё больше и больше заглушал этот гвалт.

Девушка в оцепенении замерла у пустого перекрёстка, с тревогой ожидая появления неизвестного объекта. Вдруг из-за поворота показалась уборочная машина, в подбрюшье которой, неприятно шаркая, мерно вращался огромный, весь в пыли, ёрш: ши-ик... вши-и-ик... вши-и-ик... шик...

Прошло минут пять, прежде чем Алина очнулась от ступора. К этому времени уборочная машина уже растворилась в зыбкой дали проспекта Мира. На миг наступила тишина, и стало слышно, как придорожный тополь шелестит пыльной листвой.

До назначенного свидания оставался день. Нужно было отдохнуть, прийти в себя, позвонить маме: ведь мама так ждала, так радовалась каждому звонку дочери...

На дороге показалось чёрное авто с шашечками. Алина подошла к обочине и подняла руку. Её губы ожили:

— Такси! Такси!..

Стоявший поодаль одинокий лысоватый мужчина в очках наблюдал, как красивая девушка остановила такси и из-под колёс машины у самой обочины вспорхнул голубь. Девушка слегка наклонилась, чтобы сесть в салон, и длинные серьги, поблёскивая искорками, затрепетали на мочках её ушей.

Мужчина в изумлении улыбнулся: последний раз в нашем городе так просто, без задней мысли, останавливали такси лет двадцать тому назад. Едва ли вообразимо!

Алина назвала адрес, потом отстранённо посмотрела на улицу, приметив под козырьком трамвайной остановки одинокого дядечку, мечтательно глядевшего бог знает куда...

Машина постепенно набирала скорость. За окном мелькали дома, деревья, заросли цветущей черёмухи, надписи на фасадах, рекламные щиты, глянец витрин, редкие в это раннее время прохожие. Одичалая собака с подтянутым животом бежала по тротуару, припадая на заднюю ногу. Вдали величественно плыл купол колокольни...

Всё увиденное было хорошо знакомо Алине, но, словно ширма, скрывало то неуловимое, отчего в душе поселились тоска и тревога. А вот отчего — она не хотела думать, по крайней мере, сейчас...

— Не беспокойтесь, довезу куда надо... Изумрудные горки — знаю этот район, там когда-то берёзовая роща была, — деловито обернулся водитель и, заметив грустное выражение глаз девушки, усмехнулся. Складки на его морщинистом некрасивом лице сразу расправились, будто он снял с себя страшную маску.

Алина улыбнулась уголками блестящих губ, но продолжала молчать, устремив вдаль загадочный взор. Ветерок, набегавший из приоткрытого окна, чуть шевелил белокурую прядь на её виске. Совершенно отчётливо она вдруг поняла, что в клуб уже никогда не вернётся. Она сознавала, что жизнь её пошла где-то не так, но что можно ещё всё исправить... А исправить просто: через несколько минут она будет дома, скинет одежду, встанет под душ... Потом возьмёт телефон и позвонит маме, может быть, поплачет, попросит прощения, что давно не навещала... И на следующий день начнётся новая, интересная жизнь.

Старый «форд», новая жилица

Время приближалось к полудню, но для меня этот весенний день даже не думал наполняться смыслом. Я бесцельно слонялся по лаборатории, голова совсем не соображала — какая-то безотрадная пустота. «Нужно срочно выпить кофе, взбодриться, начать смотреть на вещи позитивно», — решил я.

Второй уровень биологической безопасности — не такой уж серьёзный, но употреблять напитки на рабочем месте запрещено. Я взял термос и, выйдя во двор исследовательского центра, направился к небольшому искусственному водоёму на его территории.

Всего месяц назад я наконец-то обнаружил закономерность между размером морфофункциональных блоков растущего эмбриона и длиной волн дифференцировки Гордона. Однако в минувший понедельник завотделом неожиданно объявил о скором закрытии лаборатории — финансирования осталось всего на четыре месяца. Искать новое место работы в этой ситуации было бы не таким уж глупым занятием. А что делать с неопубликованными результатами исследований? Ведь это же прорыв в науке! Но одновременно заниматься поиском работы и писать статью было выше моих сил.

О грядущем сокращении я поведал Анфисе, давней знакомой из соседнего отдела.

— А вот не надо было США поддерживать Украину! — с ходу сказала она.

У меня отвисла челюсть.

— Шеф сообщил, что грант не получил... В последние десять лет такое нередко происходит в США. За эти годы треть лабораторий в нашем центре закрылись. Ты же сама это прекрасно знаешь... — начал было я, но осёкся, уловив боевой настрой собеседницы.

Продолжать диалог не было желания, а ведь когда-то вместе слушали Окуджаву! Круг друзей и так сжимался, как шагреневая кожа. Их можно было пересчитать по пальцам одной руки. «А я стараюсь жить по совести», — иногда говорила Анфиса, когда по каким-то вопросам наши мнения расходились.

С такими мыслями я подошёл к водоёму, над которым поднимался туман. Этот пруд зимой никогда не замерзал — по-видимому, где-то близко выходили тёплые источники — и круглый год был излюбленным местом для уток. И верно: пара птиц выплыла из-за торчащих стеблей пожухлого прошлогоднего рогоза и, ожидая корма, закружилась у берега. Я поставил термос на устроенный рядом столик, похлопал по пустым карманам и развёл руками, показывая уткам, что для них ничего нет.

Садиться на холодную металлическую скамейку не хотелось. Я отрешённо смотрел на водную гладь, на отражения ив, склонённых над водой у противоположного берега. За ними белели снежные вершины горного хребта, окаймлённые голубизной неба, — характерный для Монтаны пейзаж.

Я любовался великолепным пейзажем, но даже он не смягчал угрюмого настроения, близкого к отчаянию. Была ещё одна причина этому: утром шеф спросил, всё ли у меня о'кей. «Очевидно, проявляет повышенную внимательность к персоналу. Мало ли что может случиться после объявления такой неприятной новости», — поначалу подумал я.

— Ты что, дома не ночуешь? В машине спишь? — пояснил он вопрос.

Я смотрел на шефа, не понимая, о чём речь.

— Спальник в твоей машине, одежда...

«Видимо, какой-то бомж залез в мой старый „форд“, двери-то не закрываются», — дошло до меня. Эта машина надёжно работала более десяти лет, но с прошлого года у неё стала барахлить трансмиссия. Возле дома места не нашлось, и я поставил «форд» на всю зиму возле нашего центра. Мало ли, пригодится… Бережливость — моя вторая натура, выстраданная в России.

Идти проверять «форд» не хотелось. Оттягивая этот момент, я стоял у кромки воды и отхлёбывал маленькими глотками кофе из термоса. Наконец, сделав последний глоток, нехотя зашагал к стоянке. Подойдя к машине, заглянул в салон через запылённое стекло. Мои опасения подтвердились: на заднем сиденье был расстелен чей-то спальник. Осторожно приоткрыв дверь, пощупал мешок — он был пустой. Я с облегчением вздохнул: «Слава богу, никого. А если бы окоченевший труп? Ночью морозно — напился, уснул, и поминай как звали! Отвечай потом на идиотские вопросы полицейских. Поди докажи, что ты ни при чём».

В машине было много чужих вещей, радиоприёмник, какие-то флаконы, несколько банок консервов. Я потянул носом воздух — атмосфера внутри была вполне сносной, никакого намёка на затхлость… Прикрыл дверь, оглянулся — вокруг ни души.

«Что ж, пускай живёт. Не жалко. Даже хорошо, что машина кому-то пригодилась, стала пристанищем в тяжёлое время», — благосклонно решил я. Что делать, во время пандемии и после неё количество бездомных в городе заметно увеличилось.

Я вернулся в лабораторию, надеясь сосредоточиться на работе. Но любопытство одолевало. Каждый день подходил к машине, заглядывал внутрь — никого. Приезжать сюда вечером или рано утром, чтобы наверняка застать хозяина вещей, совсем не хотелось.

Наконец на следующей неделе я увидел, как в неглубокой ложбине сразу за парковкой мелькнула лиловая вязаная шапка. Я приблизился, крикнул:

— Хай!

Человек порывисто встал с земли, отряхнулся, поднял голову. Это была женщина средних лет с одутловатым, испитым лицом, в синих джинсах и потёртой куртке. В руке она держала нечто похожее на записную книжку. «Алкоголичка, однако, — прикинул я. — Везёт же мне на знакомства». Потом спросил:

— Это ваши вещи в моей машине?

— Мои, — ответила она осипшим голосом. Её голубые глаза поразили спокойствием и глубиной.

— Понимаю. Житейские трудности, с кем не бывает, — миролюбиво продолжил я.

— У меня есть адвокат, — с недоверием, но твёрдо сказала она и сжала тонкие губы.

Я говорил по-английски с сильным акцентом, и ожидаемый вопрос не замедлил себя ждать:

— Вы русский?

— Русский, но войну в Украине не поддерживаю, — произнёс я поспешно. — Неслыханное злодейство. Байден молодец, сразу Путина раскусил.

После нескольких фраз об ужасах войны разговор коснулся моей работы.

— Убиваете животных? — спросила она; на её лице мелькнуло болезненное выражение страха.

— Что делать, наука требует жертв, — пожал плечами я.

— А у вас в машине мышка живёт, — сообщила женщина.

— Мешает по ночам?

— Шуршит немного, но я крепко сплю.

— В прошлом году тоже мышь жила в багажнике, — улыбнулся я. — А ещё осы летом гнездо устроили в наружном зеркале. Однажды кролик на стоянке заскочил под машину и умудрился за что-то там зацепиться. К счастью, благополучно со мной доехал до дома, потом убежал... А вы, значит, новая жилица будете?

Таким ли на самом деле был разговор? Не уверен, английским я не очень-то владею. Да и технические названия трудно вспомнить сразу. Я активно жестикулировал, тыкал пальцем, объясняя, что не в зеркале заднего вида, а сразу за ним — там, в корпусе, где находится его поворотный механизм, было осиное гнездо... Женщина, кивая, недоумённо следила за моими движениями.

Мы ещё немного поговорили о любви к животным. Выражение лица Греты — так её звали — быстро менялось, переходя от оживления к унынию, которое вначале я по неопытности принял за спокойствие. Я понял, что у неё восприимчивая натура с обострённым чувством справедливости. Она рассказывала о каких-то пустяках, наматывая на палец прядь светлых волос. Оказалось, что у Греты раньше жил попугай, но он улетел.

Я слушал её с нескрываемым интересом и невольно думал: «Красивая была когда-то женщина». Если бы я знал тогда, что буду описывать эту встречу, обязательно расспросил бы, давно ли она ведёт кочевой образ жизни, где работала, до того как... Но в тот день, видно, сочувствие одержало верх. Да и кто вывернет незнакомцу всю свою подноготную? Говорить ей, что, возможно, скоро тоже буду безработным, я не стал.

— Если вам негде остановиться, можете пожить здесь неделю, максимум две. В конце апреля я должен убрать машину, — сказал я на прощание.

— О'кей, — обронила она с улыбкой.

«Женщина без определённых занятий, алкоголичка, залезла в мою машину, а я, который раньше ни разу не подал денег ни одному бомжу ни в России, ни в Штатах, перед ней оправдываюсь, что русский и что убиваю бедных животных...» — рассуждал я, возвращаясь в лабораторию.

— Как на работе дела? — спросила жена, когда я усталый вернулся домой.

— Да так, ничего... — уклончиво ответил я.

— Ищешь работу?

— Ищу, — соврал я. Про сомнительную встречу утаил.

Ночью я ворочался, переживал, не мёрзнет ли, не голодает ли Грета. Представил, как она, кутаясь в плед, смотрит в зеркало заднего вида — поправляет волосы... «Если б сам жил в машине — занавесочки повесил», — подумал я, засыпая.

Наступивший день был безоблачным. Гнетущее настроение пропало, и я активно принялся за написание научной статьи, почти забыв о старом «форде» и его жилице. И неудивительно! Ведь свою новую «тойоту» я всегда оставлял перед входом в научный центр, не заезжая на основную стоянку... Здесь нелишне добавить, что увлечение наукой меня и раньше спасало от благородных порывов души.

Через две недели между утиным прудом и дальней парковкой зацвела черёмуха. Из окна лаборатории видны были её пышные белые кроны. В очередной раз взглянув в окно, я вдруг вспомнил про свой «форд» и, тотчас вскочив, выбежал на улицу. Нарочито глубоко вдыхая черёмуховый запах, словно именно для того и покинул лабораторию, я будто случайно подошёл к брошенной машине — в ней находились всё те же чужие вещи.

«Может быть, всё само собой рассосётся. Ведь обещала же съехать...» — с ребяческой наивностью думал я, одуревая от весны.

Вскоре на научном семинаре я встретил Анфису.

— Говорят, ты притон устроил. Сколько тебе платят? Спишь с этой женщиной? — съязвила она.

— Ничего подобного. Кто тебе такое сказал? — начал защищаться я.

Анфиса застигла меня врасплох. «Как бы до жены слухи не дошли, да и характеристику на работе можно испортить, потом не устроишься на новую, — запоздало спохватился я. — Пора с благотворительностью заканчивать. Какой я всё-таки мечтатель!» — подосадовал я на себя, на минуту пожалев, что не взял номера телефона своей жилицы. Хорошо бы предупредить, не на помойку же выносить её барахло.

Делать нечего. В тот же день я аккуратно скатал спальный мешок Греты, положил под ближайший куст можжевельника. «А ведь мог сразу сказать ей, чтобы выметалась немедленно. Раз не сказал, значит, не бессердечный, как некоторые... Луковку подал алчущей...» — размышлял я, с брезгливостью выгребая вещи. Потом зарядил давно севший аккумулятор, кое-как завёл машину и отогнал в автосалон на запчасти, предварительно открутив металлическую пластину с регистрационным номером. Я знал одно место, где этот номер мог пригодиться. Когда закончится война, поеду в свой сибирский город. Там есть рюмочная, на стенах которой прикручены номерные знаки автомобилей со всего света. Пару лет назад (вроде недавно, а будто сто лет прошло!) был на родине, пообещал хозяину того питейного заведения привезти из-за границы раритет — номер с монтановской машины...

В конце июня меня уволили, и три месяца я получал пособие по безработице, еженедельно вкладывая чеки в семейный бюджет. Отличный был отдых, лучше, чем в отпуске. Много досуга! За это время прочёл дюжину книг — страсть как люблю литературу! В юности сочинял фантастические рассказы про сепульки, позднее — истории о своей жизни. Теперь и сам не знаю, что в ней правда, что выдумка... И удивительно — в эти три месяца не было никакого дела до политики! Даже съездили с женой к океану ненадолго. Но получать unemployment чеки невозможно до бесконечности. Уезжать из Монтаны не хотелось — один из немногих штатов в Америке с чистым воздухом. А природа!..

В октябре наконец нашёл работу в отделе по растениеводству. Изучаю теперь развитие семян ячменя, чтобы не только в оранжерее можно было выращивать такие колосья! Надеюсь, это будет кульминацией моей карьеры.

Иногда вспоминаю свою жилицу. Может, ей нужна помощь? Интересно было бы спросить, что она думает про сектор Газа...

А сегодня я не выдержал. Поддался соблазну. Собрал со стола остатки хлеба и поехал к прежнему месту работы. Была суббота, и я подумал: хотя бы покормлю уток.

Приехал — нет утиного пруда! Засыпали?! Не поверив глазам, дважды, трижды обошёл место, где полгода назад был водоём, — один ровный газон, припорошённый снегом.

Я стоял нахохлившись, как воробей — самая что ни на есть бедная птица, — и ел с ладони хлебные крошки. Потом долго смотрел вдаль, на холодные вершины хребта, и вдруг почувствовал, как необратимо, с невыносимой быстротой ускользает реальность. «Бытие моё… житие моё», — усмехнулся я про себя. Что было делать, достал из кармана записную книжку, вывел: «Время приближалось к полудню, но…»

Смогу ли к этому добавить хотя бы десять тысяч знаков с пробелами, чтобы удержать несколько мгновений? Так, ради забавы и любви к людям.

Золотая пыль

Червонная тяжёлая пчела
Летит домой с благоуханным грузом,
И медленное тело багровеет
На западе в сырцовых облаках.

Георгий Шенгели

Много лет тому назад мне довелось познакомиться с неким Виленом Жуковым. Все звали его Вилли. Мы работали в соседних лабораториях института морфогенеза одного из сибирских городов. После перестройки Вилли покинул родину своих предков и переехал в США, штат Монтана, где продолжал заниматься наукой, а в качестве хобби держал пчёл. Мы давно не виделись, и в мае прошлого года после конференции в Сиэтле я заехал к Вилли в гости. Он с радостью принял меня в своём доме на окраине Бозмана — небольшого университетского городка, расположенного в пятидесяти километрах от истоков реки Миссури.

Мы пили чай на открытой веранде с прекрасным видом на Скалистые горы. Их вершины покрывал снег. Забора вокруг дома не было, аккуратно подстриженный газон плавно переходил в цветущий луг. Он спускался в долину, где узкой лентой серебрилась река Галлатин — одно из трёх верховий Миссури. В воздухе слышалось лёгкое жужжание пчёл.

Я подошёл к краю веранды, положил руки на перила, с завистью сказал:

— Ты прям как Хайдеггер тут устроился. Оттачиваешь мысли на фоне горного ландшафта.

— Мои мысли давно среди крестьянских трудов, — потягиваясь в шезлонге, проговорил Вилли.

— Не вижу крестьянских подворий, — я ещё раз окинул взором долину.

— У меня пчёлы, мэн! — Вилли указал на разноцветные ульи рядом с домом под липами. — К речке летают. Сейчас взяток с разнотравья, пока люцерна у соседа не зацвела. В этом году хочу купить для пробы матку русской пчелы.

— Почему русской? — нетерпеливо перебил я и уронил на тарелку тонкий кусок фруктового торта.

— Пчёлы русской породы очень ценятся в Штатах! — всплеснул руками Вилли. — Они устойчивы к неблагоприятным условиям, хотя и агрессивны.

Вилли проворно встал и подлил в кружки кипяток из тульского самовара.

— Кажется, Стейнбек в «Русском дневнике» упоминал совхозного пасечника, который хвалил маток из Калифорнии, якобы американские пчёлы стойки к морозам, — я неплохо знал литературу, поэтому мог припомнить цитаты к случаю.

— Может, это экспортные варианты? — широко улыбнулся Вилли.

— Ха-ха! А ты не утратил чувства юмора! Узнаю́ старого друга!

На следующий день Вилли пригласил меня махнуть в район посёлка Пони, к горячему источнику. Не доехав до Пони пару миль, мы свернули на гравийную дорогу в сторону местечка Потоси. Дорога петляла по неглубокому ущелью среди холмов, покрытых огромными кустами полыни и можжевельника. Впереди то и дело золотились клубы пыли от встречных машин. Проехав несколько миль, Вилли остановил свой старенький «форд» на территории кемпинга. Дальше пошли пешком вдоль подножия лесистой горы.

Во второй половине XIX века в этих краях промышляли золотоискатели. У выхода горячего ключа рядом с холодным ручьём выкопали яму, её края обложили камнями. Раньше они здесь после тяжёлой работы погружали свои усталые тела в смешанные воды. Так же сделали и мы. Словно по совету Конька-Горбунка, спустились по каменистым ступенькам в холодный ручей, осторожно приблизились к выходу кипящих подземных вод, зарыли ступни ног в чистейший песок. Горячая струя приятно щекотала пятки. Над поверхностью пари́ли сизые стрекозы, и только наши очкастые головы торчали из воды. Очки быстро запотевали, но я всё равно успел приметить метрах в ста ниже по ручью пару диких лосей. Они паслись в камышовых зарослях и совершенно не обращали на нас внимания.

Разомлев, Вилли рассказал историю своего увлечения пчёлами:

— Ещё до распада СССР я заболел туберкулёзом и решил переехать на время в деревню, поближе к природе. Думал тогда, да и сейчас тоже думаю, что физический труд на свежем воздухе не только облагораживает, но и лечит. Договорился с одним пасечником и прожил у него всё лето. «Без побудительной подкормки хорошего взятка не будет! — учил он и добавлял: — Пчеловод должен трудиться как пчёлка!» Но самостоятельно работать с пчёлами не допускал. Я чистил ульи, пчелиные рамки, перетапливал негодную сушь на воск. Короче, понял, как ведётся хозяйство на пасеке. Уже с тех пор хотел завести пчёл, но только здесь у меня появилась такая возможность.

— А это не мешает работе, свободной жизни, наконец? — я осёкся на последней фразе, нащупав правой ногой холодную струю.

Вилли взглянул понимающе, потом запрокинул голову к небу и сказал серьёзно:

— Нет, брат, даже наоборот, помогает... Помогает жить по совести — пчелу не обманешь.

Го́ловы наши закружились, когда, совсем обмякшие, мы вылезли на камни. Накинули на плечи полотенца и вяло пошли к парковке, а до неё — целая миля...

Мой друг был неугомонен и на следующий день повёз меня в другие места, связанные с золотой лихорадкой на Диком Западе, — города́-призраки Вирджиния-Сити и Баннок.

Был полдень. На окраине Баннока буквой Г возвышалась виселица.

— Невесёлая экспозиция, — с иронией проговорил Вилли.

Я почувствовал слабость в животе и резонно заметил:

— Как на краю обрыва.

Подошла экскурсовод, молодая женщина в широкополой шляпе. Рассказала историю Генри Пламмера — шерифа Баннока, которого заподозрили в свя́зи с бандой «Невиновных»; его повесили здесь в 1864 году.

— Лихие были времена, — изрёк Вилли, стирая со лба крупные капли пота.

— Вряд ли теперь узнаешь правду, — добавил я.

Мы стояли на пригорке под выжигающими лучами солнца. Впереди простиралась прерия, и только на горизонте в фиолетовой дымке поднимались горы. Из норы показался суслик, повернул в нашу сторону голову, замер.

— Может, поедем уже? — взмолился я. — Не люблю привидений…

— Нам ещё обязательно нужно попасть в ущелье, пострелять по мишеням. У меня мосинка в подвале лежит, — проронил Вилли, когда вконец уставшие мы вернулись домой.

Но настала пора возвращаться домой — моя командировка заканчивалась. Я поблагодарил Вилли за гостеприимство и улетел на Восточное побережье, пообещав приехать снова.

Зимой получил от друга странное письмо:

Дорогой Серж! После твоего отъезда на моей пасеке произошли важные события. Очень прошу, прилетай в начале лета! Пожалуйста, прихвати с собой систему регистра-

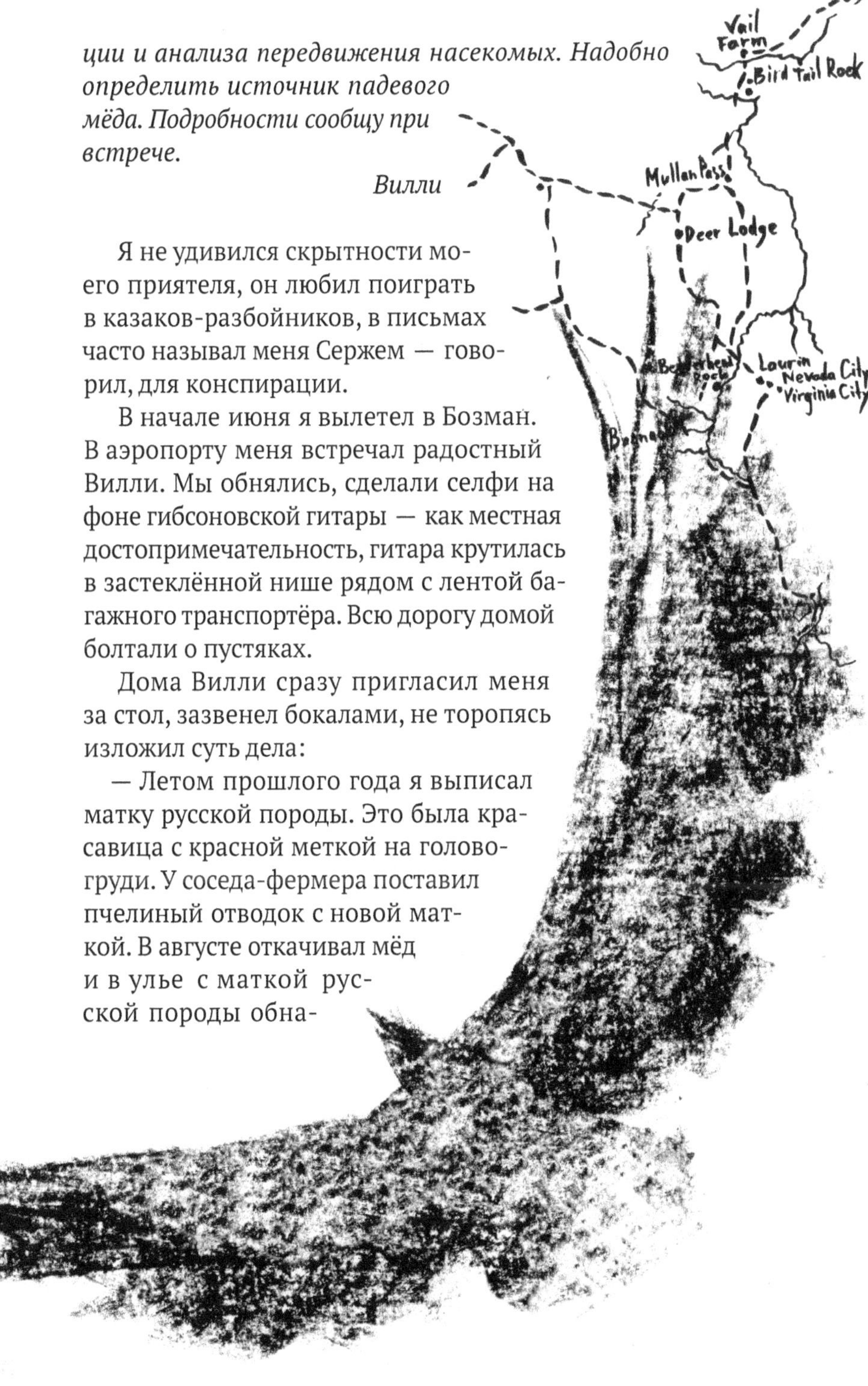

ции и анализа передвижения насекомых. Надобно определить источник падевого мёда. Подробности сообщу при встрече.

Вилли

Я не удивился скрытности моего приятеля, он любил поиграть в казаков-разбойников, в письмах часто называл меня Сержем — говорил, для конспирации.

В начале июня я вылетел в Бозман. В аэропорту меня встречал радостный Вилли. Мы обнялись, сделали селфи на фоне гибсоновской гитары — как местная достопримечательность, гитара крутилась в застеклённой нише рядом с лентой багажного транспортёра. Всю дорогу домой болтали о пустяках.

Дома Вилли сразу пригласил меня за стол, зазвенел бокалами, не торопясь изложил суть дела:

— Летом прошлого года я выписал матку русской породы. Это была красавица с красной меткой на головогруди. У соседа-фермера поставил пчелиный отводок с новой маткой. В августе откачивал мёд и в улье с маткой русской породы обнаружил рамку с необычным тёмно-зелёным мёдом. Падевый мёд с можжевельника!

И Вилли в деталях описал образование такого вида мёда: при резкой смене температуры можжевельник выделяет сок, им питается тля и непереваренные сахара экскретирует в виде капель, которые падают под дерево. Пчёлы собирают эту падь и перерабатывают в падевый мёд.

— Такой мёд вреден для пчёл во время зимовки, — продолжал Вилли, подливая из пластиковой бутылки золотистый напиток, — но я не волновался, в других ульях мёд был обычный, да и до конца медосбора оставалось больше месяца.

— Ну и зачем искать источник пади? — я был немного раздражён долгим предисловием.

— В октябре, подготавливая зимовку, я пересаживал пчёл из этого отводка в другой улей, — невозмутимо продолжал Вилли. — Неожиданно на дне освободившегося улья заметил странные частицы, на первый взгляд похожие на пергу. Это были мелкие жёлтые песчинки. С трудом их собрал, осмотрел под микроскопом — оказались из золота! Исследовал другие ульи — в них не было таких частиц!

— Думаешь, наличие падевого мёда и золотой пыли в одном улье как-то связаны? — дошло до меня.

— Именно! — воскликнул Вилли. — Либо золотая пыль просы́палась на падевые выделения, либо, наоборот, капли пади упали на клад с золотой пылью. Когда пчёлы собирают падь, то самые мелкие частицы прилипают к лапкам, — и он закинул ноги на стоящий рядом стул.

— Хм-м! «Золотая падь» — хороший заголовок для авантюрного романа, — усмехнулся я. — Постой-ка! Действительно, есть такое сочинение. Припоминаю... В былые времена читал всё подряд.

— А у нас это будет названием самодеятельного проекта с получением приза на финише, — Вилли снова вернулся к столу, подлил в бокалы игристую жидкость.

— Кстати, почему думаешь, это клад?

— Мэн! — Вилли воздел руки. — Забыл о наших путешествиях год назад? — Он прошёл по комнате к окну, потом вернулся. — С середины XIX века и до Великой депрессии в этом районе добывали золото. Возможно, оно было утеряно при трагических обстоятельствах.

— А нет ли неподалёку ювелирной мастерской? — вспомнил я сюжет повести Паустовского. — Может, какой-то влюблённый насобирал золотой пыли… Не боишься попасть в щекотливую ситуацию?

— Вокруг только фермерские хозяйства и ранчо, — парировал Вилли.

— Значит, клад будем искать рядом с местом, где стоял улей с маткой русской породы? — неуверенно спросил я и осторожно потянулся к банке с сардинами в масле. Жестяная ёмкость была наспех открыта столовым ножом, острые зазубрины отогнутой крышки торчали в стороны.

— Не всё так просто, — вздохнул Вилли. — Пчёлы летают в радиусе до пяти километров. Найти просыпанную золотую пыль на такой площади нелегко. Нужно каким-то образом проследить за ними. Надеюсь, ты не забыл прихватить своё оборудование?

Я подтвердил, что приборы лежат в сумке вместе с ноутбуком.

Мы выпили, потом ещё и принялись фантазировать:

— В будущем люди станут летать, как эльфы!

— Не просто летать, а собирать золотую пыльцу! Пыльцу знания!

Мы немного поговорили о футурологических прогнозах. Неожиданно Вилли воскликнул:

— Но не будем ждать, когда вырастут крылья! Завтра с утра — сразу за дело!

Насколько я знал Вилена, он всегда был упрямым, особенно после того как выпьет лимонада «Буратино» — культового напитка минувшей эпохи.

Следующие два дня были потрачены на адаптацию оборудования для поиска клада. Про него надобно сказать несколько слов отдельно, тем более что его устройство уже не является тайной.

Лет пятнадцать назад я сделал прибор для изучения повадок лабораторных мышей. В дальнейшем доработал оборудование в домашних условиях. Испытательным полигоном служила кухня, а объектом — усатые тараканы. Программа анализировала совмещённые изображения с нескольких видеорегистраторов и вычисляла параметры движения насекомых. Прибор пригодился для слежения за мелкими животными не только в виварии, но и в полевых условиях. Вскоре после моих первых публикаций меня пригласили в один из университетов США.

В прошлом году пчелиный отводок стоял на острове. Это совершенно дикая частная территория. Остров в длину тянется мили на три, а ширина его нигде не превышает полумили. Весь остров покрыт обильной растительностью: трава в рост человека, на пригорках — можжевельники, ближе к берегу — тополя, осины, заросли ежевики и золотистой смородины. За последние сто лет у острова было только три собственника. Гарри Легран, теперешний его владелец, позволил продолжить опыты с пчёлами на своей земле, но предупредил: здесь живут лоси и встреча с ними может быть опасной.

Гарри сообщил код на воротах ранчо, а сам надумал уехать на неделю по делам в соседний штат. Узнав конечную цель наших опытов, он заверил, что золото его не интересует, но не исключил, что из этого может получиться занимательная история. Перед отъездом хозяин пригласил нас в свой дом, с гордостью показал коллекцию колючей проволоки — более пятидесяти разных образцов, начиная со времён Гражданской войны в США. Я пообещал пополнить его коллекцию — привезти экземпляры с заграждений остатков лагерей и пересыльных пунктов ГУЛАГа, разумеется, как только будут открыты границы. Разговор незаметно перешёл к истории Монтаны. Гарри был убеждён в виновности Пламмера, шерифа Баннока.

— Когда я ещё в колледже учился, — наклонил он к нам голову, — интересовался этим вопросом. Так вот, в архиве нашего штата сохранились воспоминания одного молодого юриста — после того, как Пламмера повесили, в районе приисков стало спокойно. И если кто забыл мешок с золотом, то скорее мешок сгниёт, чем его возьмут! — и он тряхнул кудрявой головой.

Вилли и я недоверчиво пожали плечами.

На следующий день в «Волмарте» мы купили косу и начали свой проект. Со стороны это была весьма живописная картина. Двое несут на носилках улей и косу, у меня вдобавок через плечо сумка с ноутбуком, набором регистраторов и треног. Вилли прихватил с собой ещё и корчажку.

Протоку перешли по изрядно прогнившему мостику. В нескольких ярдах от него скосили траву, поставили улей. Вилли открыл леток, из него сразу вылетело несколько нетерпеливых пчёл. Пока я закреплял приборы на треногах и расставлял их, Вилли сбегал к протоке и бросил в воду корчажку, предварительно привязав её длинной верёвкой к камню. Вернувшись, он промолвил:

— В здешнем музее приметил такую снасть, индейцы местного племени использовали для ловли рыбы. На досуге соорудил копию, у меня слабость к индейским аксессуарам. В детстве я зачитывался романами Фенимора Купера, из голубиных перьев делал костюмы индейцев, мы носились в них с друзьями по двору. А сюда переехал — оказалось, надевать такие костюмы некорректно... Да что говорить, современные школьники про Купера даже не слышали! — Вилли сокрушённо махнул рукой.

Для проекта «Золотая падь» в леток улья мы установили около дюжины ёмкостных датчиков, которые используются в металлоискателях. При движении пчелы с золотой пылинкой рядом с датчиком в электрическом контуре возникает сигнал, записанная минутой ранее траектория полёта анализируется, и компьютер выдаёт информацию о направлении, откуда прилетело насекомое.

Первый день наблюдений не принёс результатов. Пришлось готовиться к долгой осаде. Мы съездили за продуктами, спальниками...

Я нырнул в спальник и тут же уснул. Под утро мне приснился сон. Мы вдвоём в узком ущелье, где-то в глубине каньона журчит ручей. Вилли прикрепил мишень к старому дереву, чуть ниже дупла. Я заглянул в дупляной зев — из него повеяло холодом и пустотой. Потом взял винтовку, приложил приклад к плечу, прицелился под яблочко, выстрелил... Из дупла взмыл пчелиный рой и быстро полетел в нашу сторону.

Пчёлы облепили меня со всех сторон, забираясь в рот, уши, нещадно жаля. От боли и ужаса я, бросив винтовку, побежал, упал; цепляясь за землю, покатился в каньон, который вдруг стал огромным дуплом, что ширится во все стороны...

Только ближе к вечеру установка подала первый сигнал.

— Сработало, сработало! — закричал я.

Но направление полёта заветной пчелы было зарегистрировано далеко не точно. Как правило, когда она приближается к улью, то летит по спирали. Для уточнения направления нужно было набрать некоторое количество «положительных событий».

Сколько ещё ждать? Кто знает... Вечер выдался прохладным, но уезжать из леса не хотелось, да и оставлять без присмотра аппаратуру — тоже. Мы соорудили шалаш по типу индейского типи: срубили несколько тонких осинок, связали вершинки, обернули их пологом от старой палатки. Набрали хвороста в ближайшем подлеске, развели костёр. Вилли приволок полусгнившее бревно со следами зубов бобра на комле. Поблагодарив бобра, присели на брёвнышко.

Смеркалось, когда к стоянке подошёл лось. Улавливая ноздрями запахи, он постоял несколько минут, потом меланхолично двинулся к протоке на водопой. Я с облегчением выдохнул — всё это время беспокоился о сохранности приборов.

Как только лось ушёл, Вилли вспомнил про корчажку. Освещая себе путь фонариком, побежал к протоке, вытащил корчажку за верёвку. Внутри были одни мальки. Он хотел их отпустить, но я остановил друга — на память пришёл мамин рецепт приготовления. Ровным слоем выложил мальков на сковороду, залил сверху яйцами, поджарил.

— Так делала мама, когда жила в переселенческой коммуне «Маяк социализма». Незадолго до смерти рассказывала. Про своё детство, про то, как её маму с родителями переселили из Опочки в Сибирь...

— Раскулачивание? — спросил Вилли и подбросил сухую ветку в костёр. Ветка сразу вспыхнула.

— Раскулачивание началось позже. Это переселение было связано с голодом в двадцатые, после Гражданской. Но полная история тех событий ещё не написана…

Дружно потрескивали ветки в костре, мы молча глядели на пламя. Не верилось, что до места парковки — каких-то сто ярдов.

Спустя некоторое время Вилли словно очнулся. Завязался задушевный разговор. И неважно, что на чужой земле… Вилли припомнил, как в первую свою

зиму в этих краях обалдел от простора и гор, у самого дома встал на лыжи, пошёл к ближайшему ущелью через все заснеженные поля — в голову не пришло, что они частные. Тогда пронесло, никто слова не сказал...

Каждые три часа я проверял на компьютере накопление «положительных событий». Лишь спустя три дня мы смогли рассчитать азимут. Направление было северо-северо-восток.

— Неведомый путь стал нашим, — обрадовался Вилли и закинул на плечо лопату.

— Проверим, что покажет независимый эксперимент, — сдержанно буркнул я и вооружился металлоискателем.

Мы шли строго по компасу, по пути исследовали каждый куст на возможное наличие пади. Наконец, не дойдя до северной оконечности острова около пятидесяти ярдов, вышли на небольшую возвышенность с редкими деревьями можжевельника. Их старые ветви были покрыты тлёй, на землю капала сладкая падь, в ней возились муравьи и несколько диких ос.

С помощью металлоискателя исследовали каждый квадратный метр у подножия деревьев. Под одним из них с восточной стороны рядом с обломанной веткой обнаружили овальный кулон с изображением жука-скарабея. Очевидно, зацепившись цепочкой за сук, кулон долго висел на столетнем можжевельнике, пока волею судеб не упал на землю. Я приподнял его за цепочку. В этот момент заходящее солнце ещё освещало возвышенность, где мы стояли, и жук сверкнул в последних лучах. Кулон был приоткрыт, на внутренней поверхности створок виднелись остатки тёмнозолотой пыли.

— Похоже на тонкое золото, — предположил мой друг. — Когда отмывают золотой песок, в реке остаётся золотая грязь, состоящая из мельчайших частиц, — по сути, это очень тонкая золотая пыль. Добыть её с помощью известных старательских технологий невероятно сложно, практически нереально.

На месте, где лежал кулон, золотились капли пади. Я собрал их в полиэтиленовый мешочек, но металлоискатель продолжал подавать сигналы. Вилли, взяв лопату, принялся с усердием копать.

Надвигались сумерки, когда на глубине около метра штык лопаты упёрся во что-то твёрдое. Нас охватило волнение. Это был небольшой кованый сундук, рядом с ним из земли торчали скелетные останки человека. Замка́ на сундуке не было. Вилли поддел крышку лопатой, открыл. Из сундука повеяло затхлостью. К нашему глубокому разочарованию, сундук оказался почти пустым — внутри мы

обнаружили только полуистлевшую рубашку, несколько монет и блокнот в кожаном переплёте с потускневшей медной застёжкой.

— Пусть теперь Легран сам разбирается с этим ящиком и костями, приглашает археологов, — Вилли полистал блокнот, отряхнул с джинсов глину, собрал инструменты. — Но блокнот может быть ценной находкой, прихватим...

При виде блокнота я вдруг осознал, что никто не сможет вот так же когда-нибудь найти дневниковые записи моей бабушки, её родителей — они были неграмотны. Я взял лопату. Спотыкаясь, поплёлся за Вилли в обратный путь.

Хотя записи в блокноте были сделаны каллиграфическим почерком, расшифровать написанное оказалось сложно — от влаги многие строки расплылись. Весь вечер Вилли был в подавленном состоянии и не скрывал досады.

— Вот тебе и приз на финише!

Я пытался развлечь друга, но тем самым только увеличивал его раздражение. И под утро решил вернуться домой на Восточное побережье.

Через две недели получил от Вилли сообщение:

Дорогой Серж! Найденный блокнот я отдал профессору кафедры истории местного университета. Ему удалось прочесть дневниковые записи. Они проливают свет на историю Генри Пламмера, шерифа Баннока. Блокнот принадлежал другу Пламмера, который после исполнения приговора над Пламмером покинул Баннок и примкнул к группе Джона Бозмана. Судя по записям в блокноте, шериф был невиновен. Теперь наша находка поставит окончательную точку в его деле. Можешь представить мину на лице Леграна, когда он это узнал?! Но это ещё не всё. Мне удалось найти способ, как побудить пчёл к сбору пади. Предлагаю в следующем году использовать пчёл для поиска золотой пыли вдоль дорог, которые соединяли Форт Бентон, Мулан и Форт Холл — по ним перевозили золото в годы золотой лихорадки. Что думаешь по этому поводу?

Вилли

Что ответить неутомимому другу? Я просмотрел последние новости: Народная Республика в Сиэтле просуществовала три недели, вчера была захвачена полицией. Руководитель Временного правительства бежал, переодевшись в женское платье… Закрыв крышку ноутбука, подошёл к окну и отдёрнул гардину. По улице шла толпа демонстрантов. Никто не переворачивал машины, не грабил магазины — сегодня протест был мирным. У «Трактира епископа» теснилась группа молодых людей.

Я вернулся к столу. На нём стояла банка золотистого мёда — подарок от Вилли. Заварил иван-чаю, отхлебнул глоток. Постучал пальцами по дубовой столешнице, задумался:

— Пчёлы, пчёлы… При чём здесь пчёлы? Их жизни тоже имеют значение. «Слёзы бога Солнца превращаются в пчёл» — так, кажется, думали древние египтяне. Хм, интересно… — голова закружилась, будто минуту назад глотнул крепкого напитка. — Получается, если проследить за пчёлами, можно найти дорогу к Солнцу, вернее, к Создателю мира!

Близилась ночь. Я лёг спать с мыслью: «Завтра надо провести исследование, чтобы спасти мир».